長不大的女孩
120
100
80
60
40
管家琪　著
劉彤渲　圖

目錄

1．一個活生生的洋娃娃 05
2．初到溫哥華 15
3．古怪的小女孩 27
4．姨媽的煩惱 53
5．在祕密基地裡的交流 71

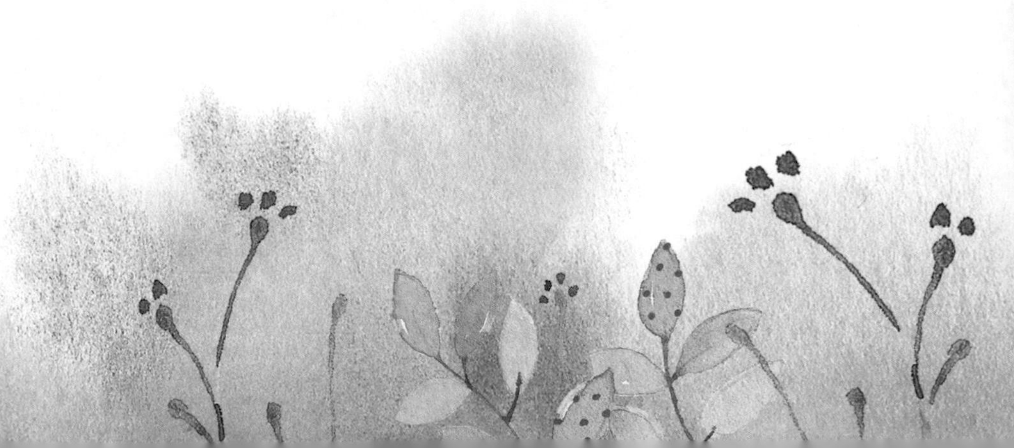

6·疑雲 103
7·爭執 139
8·走廊的盡頭 161
9·撥雲見日 189
關於《長不大的女孩》（後記） 203

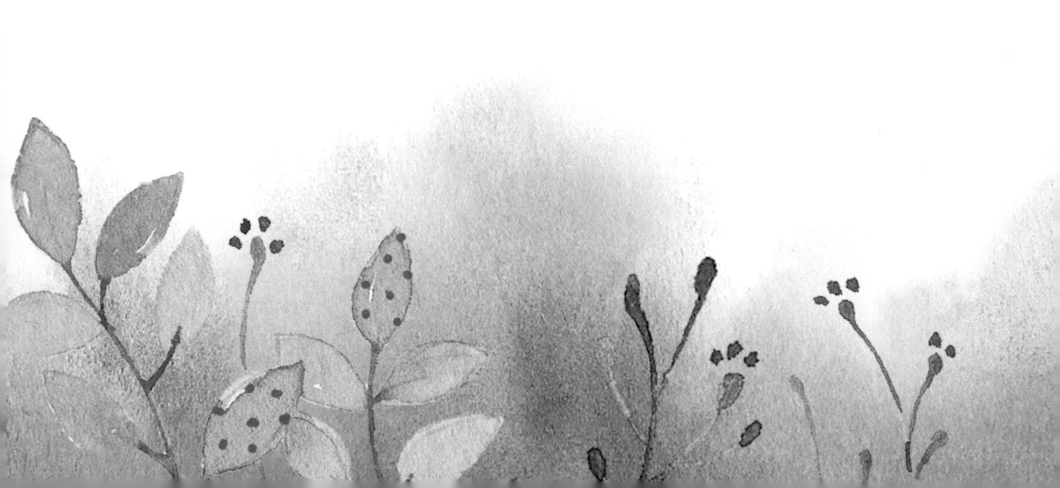

1

一個活生生的
洋娃娃

坦白說，小詩真不喜歡自己的樣子，但是這兩三年來，她一直在努力接受自己的樣子。

不是說小詩長得不好，口歪眼斜、五官扭曲之類，事實上小詩的五官應該算是還挺好看的，小小的鵝蛋臉，兩道柳眉，一雙明亮的大眼睛，睫毛很長，鼻尖很挺，櫻桃小嘴很可愛，再加上皮膚白晰，任誰看了都會說小詩看起來像一個精緻的洋娃娃，可問題是，她整個人看起來確實就像是一個活生生的洋娃娃。

怎麼回事呢？小詩的個子太小了，明明在上個月月底都小學畢業了，馬上就是一個正式的國中生了，可是當小詩走在路上，不認識的人看到小詩幾乎都會以為她是念國小三年級，頂多四年級，說她念五年級人家都不相信，只是要是有機會和小詩交談幾句，又很快就會發覺她的措辭和神態似乎都不像一般三、四年級的小朋友那麼的稚氣，尤其是眉宇之間頗為老

成，這個時候，面對小詩的人就會一臉困惑，心想這個小女孩到底有多大啊？

在小詩的印象中，時間似乎是在她念三年級那年就停止了，因為從三年級、也就是還不到十歲開始，她好像就不大長個子了。從五年級開始，每次和同學們出去玩，別人看到她們幾個女生，總會以為是哪一個人把妹妹一起帶出來玩，那個「妹妹」當然就是小詩。

就連在畢業留言簿裡，好幾個同學都是以「親愛的長不大的女孩」來稱呼她，小詩儘管對這個稱呼並不樂意，但也只有無奈的接受。

唉，小詩有時候實在是覺得挺煩惱的，因為她明明已經不是一個小孩了，但是第一次見到她的人差不多無一例外都會把她當成是一個小孩子。

這不，馬上就要開始登機了，航空公司一位地勤人員笑咪咪的走了過來，一看到地勤人員笑得那麼甜，小詩立刻就意識到接下來會發生什麼；

果然，只見地勤人員客客氣氣的對媽媽表示，帶著小孩的旅客可以優先登機。

小詩正想說自己不是小孩子，媽媽卻已經用手按著她，顯然是叫她不要多說，並且趕快站了起來，向地勤人員道了一聲「謝謝」之後，就忙不迭的拉著小詩快步往前走，率先進入空橋，然後進入機艙。

「讓我們先登機有什麼不好。」媽媽開心的說。

「可是這不等於是騙人嘛？」

「什麼？騙人？哎呀，哪有那麼嚴重，只不過是優先登機而已啦。」

過了一會兒，一位頭髮盤得高高的空服人員拿著一些花花綠綠的禮袋經過，一看到小詩就停了下來，笑容可掬的遞上一個，還用那種肉麻兮兮的腔調說：「小朋友，這是送給你的喔。」

還沒等小詩開口，媽媽又已經搶著替她接了下來，連連說：「謝謝

啊！」

空服人員離開之後，小詩小聲的抗議道：「拿這種幼稚的東西幹嘛啦！」

「有什麼關係，反正不拿白不拿呀。」

說著，媽媽把那個禮袋打開來看了一下，裡頭有一本著色本、幾根蠟筆，還有幾張貼紙和一張走迷宮的彩圖。在長途飛行的飛機上，空服員都會給年幼的小乘客提供一些好玩的、可以打發時間的東西，免得這些比較缺乏耐心的孩子們會吵鬧不休，讓人崩潰。以前小詩也拿過這種兒童專用禮袋，但那個時候她真的是一個小孩子，拿得理直氣壯，現在不一樣，現在她又不是小孩子了，對這些東西根本沒興趣，所以方才空服員要給她的時候，她並沒有打算要拿的。

媽媽說：「正好正好，可以送你的小表妹。」

一直以來，小詩只有一個表姊，那就是蒂蒂，只比小詩大一歲。就在半年多以前，小詩忽然得知從此多了一個小表妹。這是姨媽現任丈夫的女兒。

這麼說吧，在半年多以前，姨媽再婚了，對方是一個鰥夫，妻子當年是因難產而死，之後他就獨力扶養著女兒，直到遇到姨媽，兩個人各自帶著一個女兒重新組建了家庭。

小詩還沒有見過這個憑空冒出來的小表妹，只看過照片，看上去滿可愛的。姨媽再婚的時候，本來有邀請爸爸媽媽帶著小詩去觀禮，但是爸爸媽媽當時都走不開，小詩又還在學期中，怎麼可能請長假，這回媽媽說趁著小詩小學剛畢業、代表一個階段剛剛結束的時候，要把握小詩童年中最後一個暑假一起出趟遠門玩一玩，這麼一想，媽媽很自然的就想到要帶小詩到加拿大的溫哥華，正好可以來探望姨媽一家。

姨媽一家移民到溫哥華已經很久了，當年去的時候是一家三口，過了沒幾年，不知道什麼原因姨父和姨媽離了婚，姨父隻身回到國內，姨媽則帶著女兒留在溫哥華。在遇到現任老公之前，姨媽和表姊蒂蒂母女倆單獨生活的狀態至少也維持了有六七年了。

「那個小表妹幾歲啊？」小詩問。

「現在應該快七歲了吧，我記得你姨媽說過，好像暑假結束就要上小學了。」

小詩算一算，那就是比自己要小個六歲左右。

「希望是一個乖巧可愛的小妹妹。」小詩心想。

小詩一直很想有一個小妹妹，甚至還早就偷偷想好，要是真的有一個小妹妹，就要建議爸爸媽媽取名為「小書」；「小詩」和「小書」，「詩」、「書」本來就很適合聯繫在一起，而且「小書」這個名字多好聽啊，應該比「小詩」還要好聽吧！或許就是因為這個緣故，小詩對於這個未曾謀面、而且事實上並沒有血緣關係的小表妹充滿了一種沒來由的親切與好感。

當然，想到很快就可以見到表姊蒂蒂，更令小詩高興。從小到大，小詩與表姊蒂蒂相處的機會雖然不多，簡直就是屈指可數，但是都留下了非常美好的印象。表姊蒂蒂多才多藝，一直是小詩崇拜的偶像，尤其是蒂蒂還很會跳芭蕾舞，小詩看過蒂蒂穿著白色蓬蓬裙的沙龍照，真是漂亮透了！這回，姨媽已經預告，就在小詩和媽媽抵達溫哥華之後的第三天，蒂蒂所在的芭蕾舞教室有一場發表會，蒂蒂會參與三個節目的演出，其中有一個節目，蒂蒂還是擔任主要的角色，姨媽說到時候大家要一起去看。

2

初到溫哥華

這還是小詩頭一回來溫哥華、也是頭一回來加拿大，小詩小時候曾經去過一次美國。這回在出發之前，小詩問過媽媽，溫哥華是什麼樣子？加拿大又是什麼樣子？媽媽說，加拿大跟美國差不多，所謂「北美」指的就是這兩個國家。

「不過，我更喜歡加拿大，」媽媽說：「加拿大好美，又地廣人稀，好舒服，特別是溫哥華，整個城市看起來就像是一座大公園，等你去了就知道了！」

媽媽還說，在溫哥華的華人很多，感覺也挺自在的，這一點從飛機一大清早一降落在溫哥華國際機場以後，小詩就明顯的感受到了。首先，是當她東張西望、看來看去的時候，真的看到了好多華人，感覺好親切，其次，在進關的時候，小詩非常驚訝的發現居然還有一個通道是專門提供給不會說英語的觀光客！

「我們要不要過去排？」小詩問。

她本來就不大敢開口講英語，何況現在還是在國外，那就更不敢了，而小詩知道媽媽的英語也不怎麼樣，所以在她看來，那個特殊通道真是一大福音！

但媽媽考慮了一會兒，還是說：「不要吧，我們還是去本來的通道那裡排吧，沒什麼難的。」

媽媽說罷，就帶著小詩走向一般的通道。走了幾步，小詩往那個特殊通道回望一眼，看到在那裡排隊的多半都是一些從大陸來的老頭和老太太，很多人從裝扮上看還會讓人感覺到顯然是從農村來的，身上帶著一種濃濃的鄉土氣息，媽媽說，一定都是來這裡幫忙帶孫子或外孫的，小詩心想，也許就是因為這樣，媽媽才不願意去排那個所謂的特殊通道吧，其實小詩倒覺得這個通道滿方便的，因為移民官是講中文，讓人感覺很安心，不會有什麼聽得懂聽不懂的問題。

幸好，後來在通關的時候勉勉強強也還算順利，只有小詩的證件被一查再查。

原因很簡單，就是移民官對小詩證件上的出生日期感到有些疑惑，顯然是覺得小詩的個子太矮小了，與出生年月並不相符。

不過，媽媽對此當然是有心理準備，不慌不忙向移民官出示了一些證明文件，包括在醫院裡開的證明，表示小詩有一點發育遲緩的問題，花了十幾二十分鐘，總算搞定，移民官點點頭，把證件還給媽媽，就讓她們過去了。

拿好行李，從出口處一走出來，頂多只有兩三秒鐘，小詩就聽到有人激動的嚷著：「小妹！小妹！」

媽媽認出這是姨媽的聲音，隨即本能的停下來循聲望過去，小詩呢則是緊緊跟隨媽媽的目光，很快就看到擠在前方那些接機的人群中，有一個滿頭卷髮、脖子上繫著一條紫色領巾的婦人，在拚命朝她們揮手。

「姊！」媽媽立刻快步奔了過去。

小詩知道，那個婦人一定是姨媽，感覺姨媽看起來好像比印象中要時髦些，再一看姨媽身邊那個一頭披肩長髮，身著粉紅色圓領T恤，牛仔褲的褲腳還帶著流蘇的年輕女孩，心想那一定是表姊了。

就像電影上常見的一幕那樣，媽媽帶著小詩，姨媽領著表姊，雙方都迅速往對方靠近，很快的，媽媽和姨媽這一對闊別許久的姊妹倆就興奮、激動的抱在了一起！

而蒂蒂與小詩這對表姊妹呢，則是稍稍猶豫了一下下，隨即也抱在了一起；只是蒂蒂感覺自己好像在抱一個小孩子，哪怕她明明知道小詩的年紀和自己差不多。

媽媽和姨媽分開之後，馬上又忙著抱住表姊，「啊！蒂蒂長得好大了啊！」

都說大人是被小孩給催老的，因為小孩長得太快了，特別是在小學和國中階段，經常半年、一年的就會差別很大，所以只要是有一段時間沒見，剛一見面，大人幾乎都會對孩子們說「長得好大了啊」！

然而，姨媽卻沒有辦法對小詩也這麼說，因為儘管也有幾年不見了，小詩依然和她印象中一模一樣！

有那麼一剎那，姨媽都有些恍神，情不自禁迅速回憶著，那一年她回國省親的時候，小詩是多大？好像是念三年級吧？怎麼現在居然還是三年級的樣子！當然，姨媽也馬上就想起聽妹妹說過曾經帶小詩去看過醫生，醫生說小詩有些發育遲緩，只不過，在沒有親眼印證之前，總會懷疑那樣的描述會不會太誇張了？

直到現在，當小詩真正站在眼前的時候，姨媽才知道妹妹之前的描述原來一點也不誇張。

姨媽的反應很快，馬上就說：「哎呀！小詩還是那麼的可愛呀！」

蒂蒂也彎下身來再度抱著小詩，開心的說：「歡迎，歡迎！」

剛才第一次擁抱的時候，雙方多少都還有些不大自在，再抱一次就好多了。

小詩呢，坦白說，當然是有些尷尬，不過，還是高高興興的接受了姨媽和表姊的擁抱。

其實，打從確診自己有發育遲緩的問題以後，小詩反而鬆了一口氣，沒那麼焦慮了，因為她終於知道，怪不得自己一直長不高，原來這一切都是有原因的。

也就是從那個時候開始，小詩接受媽媽的開導，下定決心一定要大大方方的來面對別人異樣的眼光。

如果可以選擇，小詩當然也希望能夠和同學們一樣，隨著年紀慢慢長大，該長高就長高，該長胖就長胖，她並不喜歡自己現在這種迷你的模樣，但既然這已經是不可改變的事實，她就決定還是要努力接受。更何況小詩記得醫生說過，保持愉快的心情有利於刺激生長激素的分泌，因此，小詩總是經常這樣安慰自己、給自己打氣，當別人說她像一個洋娃娃的時候，她就想，幸好我還算是一個做得好看的洋娃娃，不是那種粗製濫造的洋娃娃。

因為小詩記得很清楚，醫生還說過，很多發育遲緩的孩子在外貌上會有一點點畸型，像小詩這樣，外表看起來沒有什麼異常，僅僅只是個子小了一點，已經很幸運了，對於像小詩這樣的情況，醫生說也沒有什麼好辦法，除了保持愉快的心情，無非就是要維持均衡的飲食，並且多運動，這樣也許很快就會長高了。

聽了醫生這番話，那天一從醫院回到家，媽媽就好好的給小詩作了一番心理建設，媽媽說：「你都聽到啦，醫生說，像我們這樣，看起來還是很好看，只不過嬌小一點，是非常幸運的，所以，就算你真的從此一點也不長，也沒關係，要記住事情永遠可能會更糟，我們還是要珍惜現狀，不要著急，也不要沮喪，一定要好好的、開開心心的過日子，你說好不好？」

小詩答應了媽媽，保證會努力做到。在她內心不可諱言當然還是很想要長高，只不過既然醫生說保持心情愉快是那麼的重要，她就決心一定要盡可能努力做一個快樂的人。

3

古怪的小女孩

姨媽說，從機場到他們家大概要一個小時。

在停車場一上車，媽媽就驚呼：「啊，姊，你終於會開車啦！我本來還以為會是你老公來接我們呢！」

姨媽笑得好燦爛，「哈哈，當然是要會開車才方便哪，其實我本來就有駕照的，在國外不會開車就像沒有腳一樣啊！」

這時，蒂蒂接著道：「媽咪以前是光有駕照沒有車，現在她老公給她買了車，她當然要開了。」

小詩心想，姨媽的老公不就是姨父？蒂蒂表姊不用叫姨父為「爸爸」的嗎？

小詩剛這麼想呢，就聽到媽媽問道：「蒂蒂都叫林先生什麼？」

原來媽媽也有同樣的問題呀。

「叫 David。」姨媽回答。

媽媽又問：「不用叫 Daddy ？」

「不用不用，」姨媽說：「別說是我們這樣的情況了，就算是原本的一家子，這裡的小孩很多也都是對爸爸媽媽直呼其名的。」

「真的？那倒有意思，」媽媽說：「你現在的日子過得真不錯啊，我真為你高興！」

「還行還行，就是——」

「怎麼了？」

「沒什麼沒什麼，算了，其實也還好啦，對，現在確實是過得不錯，想想跟以前比起來真的是太好了！」

媽媽關心的問：「咦，你怎麼這麼一副欲言又止的樣子啊？」

「不是啦——」

姨媽沉默著，大概是正在斟酌該怎麼說吧，蒂蒂說：「沒有什麼啦，就是那個 Melody 煩了一點，其他都很 perfect。」

「Melody？」媽媽問道：「就是林先生的女兒是吧？她不是還小？又是小女生，小女生不是應該都很好哄，能有多煩？」

「阿姨，你不知道，這個 Melody 真的很恐怖，不是普通的煩，尤其是最近。」蒂蒂說。

「沒那麼誇張吧！」姨媽先糾正蒂蒂，接著又向妹妹解釋道：「其實也可以理解啦，你想啊，這個小孩也可憐，從小就沒有媽媽，David 自然是很寶貝她、很慣她。」

「哦，我知道了，她是不是對你這個後媽很排斥？」

媽媽的口氣中充滿了關心，接著又說：「後媽本來就不好當，尤其是像這樣的情況，之前她們一直是父女倆相依為命，現在當然難免會覺得爸爸被人給搶走了。」

蒂蒂說：「那我跟媽咪以前不是也算是相依為命？我就很好啊！」

媽媽說：「你不一樣啊，而且再怎麼說你都比較大呀！比人家懂事也是應該的。」

就是說，兩組相依為命現在組合在一起——小詩心想，聽起來愈來愈像連續劇了。

姨媽說：「平心而論，我覺得這個小孩好像也不是特別要跟我搗蛋，就是——該怎麼說呢？我覺得 Melody 就是不討喜，沒禮貌，不大理人，沒什麼規矩。」

「這沒什麼呀！」媽媽還是勸慰道：「不管怎麼說，總是還小嘛，可以慢慢教啊，反正你一定要跟她相處好，要不然一定會影響你們夫妻之間的感情，我看過好多報導，都說再婚夫妻最難處理的就是錢跟小孩這兩個問題，很多再婚夫妻一開始都很好，但很快就因為這兩個問題沒有處理好，然後就鬧翻了，很可惜的。」
姨媽歎了一口氣，「我知道啦！錢的事情沒有什麼——」
蒂蒂打圓場道：「對呀，David挺大方的，不過，阿姨啊，你們不用擔心，Melody最近的『煩』就是只顧著吃東西，整天吃個不停，簡直就像是一隻大老鼠！而且總是自己一個人陰陽怪氣的躲起來，有時候連David叫她，她都不怎麼搭理，所以我想這段期間她應該不會太惹你們的。」
「我不是這個意思啦，我當然不是怕她會對我們怎麼樣，我們只是客人嘛，怎麼樣都沒有關係的，她最近怎麼了？有什麼事嗎？」媽媽奇怪的問。
蒂蒂說：「不知道，管他的呢！只要她自己懂得一邊待著不煩人就好了……」

小詩覺得這番話聽起來挺刺耳的，真沒想到居然會從蒂蒂的嘴巴裡說出來，而且姨媽又沒有指正她，甚至好像還有一點同意的意思，這真的讓小詩感到有些驚訝。

接下去，蒂蒂又說了些什麼，小詩通通都沒聽見；由於時差的緣故，在車上坐了沒多久，她就已經昏昏欲睡了。

小詩被叫起來以後，覺得頭好重，整個頭腦都昏沉沉的，好難受。這種難受的感覺相當陌生，過去好像就算是感冒生病，腦袋也很少很少會這麼不舒服。媽媽說，這是身體還在努力調整時差，過幾天就會好了。

「現在是幾點啊？」小詩迷迷糊糊的問。

「早上九點二十，從現在開始，你就以現在溫哥華的時間為準，盡量撐著，這樣過個三五天就會好了，」媽媽又說：「我們只有一個多禮拜、不到半個月的時間，不趕快把時差調整過來，每天都會很不舒服，然後等到終於調整過來的時候，我們又該回去了。」

說著，媽媽忍不住打了一個大大的呵欠，然後咕噥道：「啊，要調整時差真的好痛苦啊，到了到了，快下車了。」

看看四周，小詩發現停在一個車庫裡，下車之後，由姨媽領著打開房門就走進了廚房。之前小詩在電影上看過，知道老外到家以後，往往不是從大門進去，而幾乎都是從車庫進入廚房，現在真的親身印證，用這樣的路線進入屋內，覺得好新奇。

同樣感到新奇的還有媽媽，媽媽說：「啊，好棒的房子啊！」

「還可以啦！」

姨媽的嘴上是這麼說，但是啊笑得滿足極了。

蒂蒂也說：「是啊，我們終於住上house了。」

從廚房往外走，就可以看到客廳，還有通往二樓的樓梯。姨媽站在樓梯口，往上叫了一聲：「David，我妹妹她們來了！」

很快的，一個看起來比爸爸要老得多，髮際線老高、矮矮胖胖的男子從樓上快步下來，熱情的說：「我聽到聲音了，歡迎、歡迎！」

媽媽趕緊催促道：「小詩，快叫姨父。」

小詩猶豫了一會兒，畢竟對她來說眼前這是一個完全陌生的新姨父，過去她叫做「姨父」的不是這個男人啊，尤其是說來也巧，以前那個「舊」姨父，去年居然在商場不期而遇過，因此印象特別深。

不過，小詩還是很快的就回過神來，非常配合的叫了一聲「姨父」。

姨父看著小詩的眼神充滿了驚異，甚至可以說是有些驚詫，「呃，小詩——你真的很小啊。」

小詩心想，喂，你也不高啊，我爸爸可比你要高多了。

姨媽輕輕推了姨父一把，姨父這才如夢初醒，感覺自己似乎有些失態，趕快試圖補救道：「好可愛，好可愛！」

「Melody 呢？」姨媽問。

「在樓上，不肯下來，」說著，姨父看看媽媽，又看看小詩，客客氣氣的說：「不好意思，小孩子不懂事，你們別見怪啊。」

「怎麼會、怎麼會！」媽媽說：「沒事的，小孩子嘛，不想下來就不想下來，不要勉強，反正我們要打擾你們一個多禮拜呢，總會見到的。」

「哪裡哪裡，哪有什麼打擾，你們來我們很高興的。」姨父說。

姨媽笑咪咪的說：「就是啊，我可是盼了好久呢，總算把你們給盼來了。蒂蒂也很高興的，因為你們正好可以參加她的發表會，對不對呀蒂蒂？」

「是啊，我當然很高興，」蒂蒂轉身對小詩說：「走，我們上樓吧，客房在樓上。」

別看蒂蒂身材苗條，沒想到力氣還挺大的，只見她非常俐落的一把就提起行李箱要往樓上走。姨父見狀，馬上說：「我來吧！」可是蒂蒂還是說：「沒關係，我來就可以了。」

小詩就拿著自己的小背包跟在蒂蒂的後面。上了二樓，小詩看到五個房間，一邊三個房間，另一邊兩間，雖然每個房間的大小顯然都不一樣，但整體來說左右兩邊相當對襯，空間分布看起來很舒服，有一種四平八穩的感覺。

蒂蒂朝右邊指了一下，「這是我媽媽和 David 的房間，旁邊那間是 Melody 的。」

Melody 房間的房門半開著，小詩一眼望進去，看

melody

到一個用塑膠板拼出來的娃娃屋，小時候她曾經在遊樂場看到過，看上去好可愛——

就在這時，小詩忽然感覺到有人正在看著自己，仔細一搜索，果然，有一張小臉藏在娃娃屋的窗子那兒。由於這張小臉大半都藏在窗子下面，只偷偷露出了一對眼睛，小詩看不清楚那張小臉的全貌，不過可以感覺得出肯定是一個小孩子。

「我好像看到 Melody 了。」小詩輕聲說。

「哦，她在她的小屋子裡是不是？」蒂蒂不以為意的說：「最近她總是躲在裡面的，不用管她。」

說著，蒂蒂就帶著小詩往左邊走，「我的房間在這裡，浴室就在隔壁，平常就我一個人用，現在你們就跟我共用，Melody 一般都是用我媽媽房間裡的浴室，不大會過來的。」

蒂蒂幫忙把箱子放在客房，然後就興高采烈的說：「你趕快先洗個澡，然後去我房間，我有好多東西想讓你看。」

也是，一趟長途飛行下來，真的很需要梳洗一番才能去掉那種風塵僕僕的疲憊感。

小詩打開行李箱，拿了換洗衣服就趕快跑到浴室。趁著媽媽現在還在樓下跟姨媽聊天，她想趕快先大洗特洗一下。

過了半個鐘頭左右，當小詩慢條斯理的弄好，渾身輕鬆又香噴噴的打開浴室門，正要一腳往外跨出去的時候，赫然看到一個留著蘑菇頭的小女孩居然盤著腿、抓著一個大麵包，安安靜靜的坐在地上吃，同時呢正仰頭看著她。

小女孩似乎是已經在這裡坐了很久。小詩一怔。就在這時，她注意到了小女孩的眼神，那是一種多麼奇怪的眼神啊，感覺上好遙遠、好空洞，好像坐在這裡的只是一個小小的軀殼，至於靈魂早就不知道飛到哪裡去了！

不遠處，蒂蒂聽到浴室門開的聲音，嚷著說：「Finally！你終於出來啦，我等了好久喔！——」

蒂蒂一看到小女孩，馬上說：「Melody！你坐在這裡幹什麼？你在聽小詩洗澡啊！」

什麼？小詩心想，她在這裡坐了多久？真的是一直坐在這裡一邊吃東西、一邊聽自己洗澡？這——這是什麼跟什麼呀！這怎麼好意思！這個小孩怎麼這樣啊！

小詩覺得很窘，有一種隱私被侵犯的感覺，因為在她看來，「偷聽」跟「偷看」的性質是一樣的惡劣。但是，想到這是在姨媽家，眼前這個小女孩又是姨媽的繼女，小詩又覺得實在不好發作什麼。

小女孩又看了小詩一會兒，然後就不聲不響的爬起來，咕咚咕咚跑回自己的房間，並且順手就關上了房門。

蒂蒂走過來，小聲對小詩說：「看吧，我說過她很奇怪的。走，來我房間吧！」

蒂蒂的房間雖然不是很大，跟客房差不多，但跟客房不同的是，一走進去就感覺得出這是蒂蒂的天堂，不僅桌椅等家具是成套的，又都是蒂蒂最喜歡的粉紅色，而且最醒目的是四面牆壁還掛了好幾張蒂蒂身著芭蕾舞裙，擺著不同姿勢的照片，每一張照片都配上很雅致的相框。

蒂蒂首先帶著小詩繞了房間一圈，就像在畫廊中參觀攝影作品一樣，向小詩詳盡解釋每一幅照片的背景以及拍攝過程。

「你看起來簡直就像一個明星。」小詩說。

這是她的真心話；這種沙龍照，能夠把每一個人都拍成明星。

「不過，好像都是最近拍的？」小詩問。

她記得蒂蒂從很小的時候就開始學芭蕾，可是在牆上這些照片中，蒂蒂的年紀看起來跟本人差不多，幾乎沒什麼區別，充分顯示拍照的時候蒂蒂就是現在這個樣子。

果然，蒂蒂說：「對呀，是一個多月以前才拍的。老實說吧，我學芭蕾的時間雖然很早，從五歲就開始學了，但一直學得斷斷續續，沒辦法，我知道媽咪也很困難，當然是得先把我們兩個人的肚子餵飽再說，在媽咪手頭比較緊的時候，我的芭蕾課就只好中斷，那個時候哪裡還有可能拍這樣的照片！直到媽咪跟 David 結了婚，我們的生活就徹底不一樣了！首先，我們終於可以住上好房子，你不知道，以前我們住的房子很小的，又很舊，他們結婚以後我們就搬了過來，這是 David 的房子。」

「哦，是嗎？」小詩有些意外，「看起來很新啊！」

「在他們快要結婚的時候，David曾經特別粉刷過。」

「難怪！」

「David把他的書房讓出來作我的房間，就是這間，在開始粉刷之前，還特意問過我喜歡什麼顏色，然後用我最喜歡的粉紅色來裝飾，這些沙龍照也是他讓媽咪帶我去的，就是說都是他買單的啦。」

「這個David真的對你很好啊。」

眼前既然只有她們表姊妹單獨在一起，小詩當然是跟著蒂蒂叫「David」，不會叫「姨父」，要不然未免也太假了。

「嗯，是不錯，我跟你說，過兩天我們芭蕾舞教室舉行的發表會，因為要租場地，所有參加表演的人，家裡都得事先認購一些門票，David也同意了，我知道這要花他不少錢，我真的很感謝他，因為這可能是我唯一一次、也是最後一次參加發表會！」

「為什麼？」小詩很驚訝，「你那麼喜歡芭蕾舞，為什麼會是最後一次？」

蒂蒂重重的嘆了一口氣，幽幽的說：「唉，因為我長得太快了呀，我太高了，在這樣的兒童芭蕾舞班已經不合適了——」

小詩想起一個多鐘頭以前在機場看到蒂蒂的第一眼，確實已經很難把蒂蒂再跟「兒童」這個詞聯繫在一起了；儘管蒂蒂只比小詩大一歲，但是蒂蒂看起來完全就像是一個青春美少女，甚至在「少女」中，蒂蒂似乎也算是比較成熟的。

說到這裡，蒂蒂突然無限惋惜的說：「唉，要是我跟你一樣長不大就好了！」

「不是啦，」小詩糾正道：「我不是長不大，只是長不高，我馬上就要上國一了！」

「好吧，」蒂蒂一本正經的對小詩說：「要是我也像你一樣長不高就好了！」

小詩聽了，心裡頓時有一種很奇特的感受；真是想不到啊，自己的長不高對蒂蒂來說，居然還會是一件值得羨慕的事！這是她從來沒有想到過的！

看看蒂蒂的神情，小詩覺得蒂蒂剛才說的是真心話，忽然覺得好遺憾，對呀，自己在兩三年前、或者更小的時候，怎麼就沒想過要去學跳芭蕾舞啊？

「算了算了，不說這些了，來看照片吧！」蒂蒂歡快的從櫃子裡搬出了好幾本厚厚的相片簿。

原來，牆上這些沙龍照是從一大堆照片中精心挑選出來放大的，但是為了這幾張所拍的其他大量的照片，蒂蒂也非常珍惜的通通都整理起來，現在她就是想跟小詩分享。

坦白說，對於這些照片，小詩不是那麼有興趣，看完第一本就覺得差不多了，但是看蒂蒂那麼起勁兒，當然又不好說「我不想看了」，只得努力打起精神繼續往下看，無奈或許因為興致不高，再加上時差作祟，不知不覺眼皮就愈來愈重——

忽然，蒂蒂的一聲大嚷，把小詩一下子就嚇醒了。

蒂蒂朝著房門外嚷道：「Melody！你別在那裡偷看好不好！嚇死人了，你想看可以進來看呀！」

小詩這才注意到，Melody不知道什麼時候偷偷來到了蒂蒂房間的房門外，伸進一個小腦袋往裡頭看著，蒂蒂這麼一嚷，Melody馬上就一聲不吭的跑掉了。

「真是一個怪小孩，老是鬼鬼祟祟的，」蒂蒂抱怨著：「想看就進來看嘛，躲在那裡要嚇死人啊！」

小詩覺得 Melody 並不是想要看這些照片，因為她注意到在 Melody 跑掉之前，其實是在看自己。

她忍不住想要幫 Melody 說幾句話。

「也還好啦，也許她只是害羞。」

「不是，我跟你說，這個小孩就是有一點怪，你不知道，有時候晚上她也是這樣，忽然就停下來，如果你房門沒關，她就站在那裡偷看。」

小詩想像一下，不得不承認那確實會令人有一點困擾。

「那你以後就把房門都關起來，這樣不就好了？」

「可是，媽咪有時候會忽然叫我一下，她總是在樓下或者是在她房裡叫我，如果我房門關得死死的，就聽不見了。」

小詩覺得這個理由挺令人費解，「那姨媽為什麼不走過來再叫你呢？」

「肯定是嫌麻煩呀！她性子很急，總是一想到什麼就會站在原地喊我一聲，以前我們住的地方小，還沒覺得怎麼樣，現在我們住大房子了，我就覺得老是這樣隔著房間，或是樓上樓下的叫來叫去實在是很要命，我都是聽到她叫我的時候就趕快跑出去應一下。」

這棟房子是挑高的，如果姨媽是在樓下叫蒂蒂，蒂蒂只要跑到樓梯口，甚至只要跑到房門外，站在走廊上答應一聲，姨媽也就可以聽到了。

「她一直都是這樣的嗎？」小詩問。

「你是說我媽？對呀，她一直就是這樣的，總是懶得走到你面前就已經開始跟你說話了。」

「不是啦，我不是指你媽，我是說她。」

小詩口中的「她」，指的當然是到現在都還沒聽她說過一句話的小表妹。

「誰？哦，你是說Melody嗎？嗯，其實我們剛剛搬進來的時候好像也還好，就是最近才變得很怪。所謂『最近』，大概就是這一個多月——」

正說著，媽媽過來敲門，「小詩，你餓不餓？」

「不餓，就是還是覺得頭很重。」

「你要辛苦一點撐一下，現在千萬別睡，等到晚上再睡，這樣時差就會調得比較快。」

「知道了啦。」說著，小詩忍不住打了一個呵欠。

「撐一下、撐一下！等我快快梳洗整理一下，然後我們出去走走吧，姨媽說有一個很棒的公園就在附近，我們過去走走，然後再回來吃中飯。」

小詩心想，這倒不錯，真是謝天謝地，不用再看相片簿了！

沒想到，蒂蒂還是興致勃勃的對小詩說：「那我們看快一點吧，在出去之前，看多少算多少，沒看完的就等回來再看。」

哎，小詩只有暗自叫苦的份。

4

姨媽的煩惱

小詩和媽媽抵達溫哥華的這天上午，在一所學校任教的姨父 David 因為剛好沒課，就特別待在家裡陪伴 Melody，好讓妻子帶著蒂蒂去機場迎接遠道而來的親人。後來，姨父在家待了一個多小時以後就匆匆離開家往學校趕，說是要開一個會。

姨父走了以後，姨媽本來想帶著妹妹和三個女孩——蒂蒂、小詩，還有 Melody——一起出去走走，結果因為 Melody 不肯出門，沒辦法，蒂蒂只好留在家裡，讓姨媽帶著小詩和媽媽出門。姨媽說，按規定，像 Melody 這麼小的小孩不可以一個人留在家裡。

媽媽好奇的問道：「有這個規定啊？是法律規定嗎？」

姨媽想了一下，「嘿，說起來我也不知道法律上究竟有沒有這樣的明文規定，反正大家都是這麼說的，當年我們剛剛移民過來的時候，就有很多來得早的人特別提醒我們千萬要注意這一點，因為我們老中對於這一點通常比較無所謂，聽說他們老外就很重視，說小孩年紀太小不可以一個人在家，還有人說要是被鄰居發現你把十二歲以下的小孩單獨留在家，那他就可以去告發你，然後政府就會派人來把你抓走，還會把小孩送到什麼福利機構，反正就是說你沒資格帶小孩。」

「每一個國家的民情真的好不一樣啊，」媽媽說：「我記得看過報導，說有中國留學生夫婦在國外因為打小孩結果被鄰居舉報，說他們虐待小孩，後來還有福利機構說要告他們，要剝奪他們的監護權，鬧得好大。」

「這是真的，在國內打小孩算不上什麼事，不是還有一句話說『陰天打孩子，閑著也是閑著』嗎？可是在這裡要是被鄰居發現你在打小孩，那麻煩就大了。」

小詩插嘴問道：「如果鄰居也是中國人呢？」

「那可能就沒關係了吧！」姨媽笑笑。

臨出門之際，小詩看到蒂蒂老大不情願的樣子，心想難怪蒂蒂會對這個小妹妹有點意見，只怕這絕對不會是蒂蒂頭一回得被迫待在家裡當小保母吧。

姨媽帶著小詩和媽媽來到一個寧靜的公園。幸好路途真的不遠，要不然小詩搞不好又要睡著了。在頭腦有些昏沉的情況之下，一坐車就特別想睡覺。

說來真的很奇妙，明明是在城市裡，這個公園卻散發著濃濃的森林氣息，從入口處開始就很有一副原始公園的樣子，除了一塊解說牌，看不到什麼人工的痕跡，更沒有什麼買票的地方，擺明了沒有任何限制，歡迎所有人的到訪。第一眼看過去真讓人會有些恍神，疑惑著這裡還是溫哥華嗎？瞧，一排排參天大樹靜靜的佇立著，放眼望去有一條蜿蜿蜒蜒的林間小路，似乎正在含笑跟遊人招手，招呼著遊人向深處走去。媽媽向來喜歡爬山和健行，一看到這個公園就好興奮。

姨媽笑著說：「我就知道你會喜歡，這個公園不大，不過走起來很舒服，上次你來的時候就想帶你來，但是那個時候我沒車，住的地方距離這裡又比較遠，總之那個時候不方便。」

「嗯，我真的很喜歡！一看就好舒服。小詩，你說是不是？走吧！我們趕快下去走一走！」

姨媽在下車之前，從副駕駛座前方的置物櫃裡頭拿出了兩個哨子，並且把一個遞給媽媽。

「這是幹嘛？」媽媽不解。

「我們走著走著就要吹一下，或者是用力拍拍手、大叫一下。」

「為什麼？」媽媽和小詩異口同聲。

「讓熊知道有人經過，這樣熊就不會接近了。」

媽媽和小詩一聽都傻眼了。

「這裡有熊？」媽媽不敢置信的問。

「真正的熊？」小詩也呆呆的問。

「別緊張，」姨媽笑笑，「這裡很重視生態保育啊，偶爾會看到熊是很正常的啦，反正碰到了就保持鎮定，不要跑，也別惹牠，牠們不會隨便傷人的。」

「真的嗎？」媽媽還是不大放心，追問道：「你碰過嗎？」

「沒，不過 David 碰過，他說當時他們幾個人一起，看到熊以後，就慢慢倒著走、慢慢往後退，一直到退出熊的視線。」

媽媽吐吐舌頭，「聽起來好像有點可怕，小詩，你怕不怕？」

小詩說：「還好啦，姨媽不是說熊不會隨便傷人的嗎？」

姨媽也說：「放心啦，基本上還是很安全的，反正我們就沿著這條小

徑走，不要自己離開道路亂走就好。」

「基本上？」媽媽的口氣有些啼笑皆非。

「沒事的啦！」

在姨媽的保證下，小詩和媽媽沒有猶豫太久，還是鼓起勇氣走向那條美麗清幽的小徑。

她們邊走邊聊，有時小詩擔心媽媽和姨媽聊得太投入，好像完全忘記了有可能會遇到熊的事，就主動提醒她們該吹吹哨子了、該拍拍手了、該叫一叫了，走了大約十幾分鐘，姨媽乾脆把兩個哨子都交給小詩來保管，要小詩來負責提醒熊不要接近；當然，這是說如果這附近真的有熊的話。

小詩跟在媽媽和姨媽的身後，在東張西望、不斷密切留意是否有熊出沒的同時，很自然的也把媽媽和姨媽的對話通通都聽進了耳裡。

「再婚生活」是她們談話的主題。總的來說，姨媽再婚之後，情緒似乎一直是挺兩極化，一方面姨媽再三表示現在的日子比起以前真的是要好得太多了，但另一方面又會說，要適應再婚生活比自己原先想像得要困難，主要的還是David那個女兒Melody實在是有點煩。

「要是David沒帶一個女兒就好了。」姨媽說。

此言一出，媽媽馬上不以為然的批評道：「哎，怎麼能這麼說呢！老公又不能訂做，哪可能樣樣都能非常合乎你的心意？更何況，David當年是死了老婆，又不是離婚，如果是離婚夫妻，你或許還可以指望小孩的媽媽會因為想念親骨肉而最終還是把小孩接去，就像你不是一直都是把蒂蒂帶在身邊的嗎？像David這樣的情況，你怎麼還能說什麼希望他沒有帶著一個女兒呢！」

姨媽在挨批之後，不服氣的小聲嘟囔著：「你說得容易，那都是理論啦，真是站著說話不腰疼！」

carefully

媽媽又說：「這怎麼能說是理論？你們兩個大人一定都要大方一點，發自內心的對對方的小孩好，你們倆才可能幸福——」

聽到這裡，小詩在後頭忍不住插嘴道：「蒂蒂說 David 對他很好。」

媽媽聽了，回過頭來問道：「真的？蒂蒂這麼說？」

「是啊，蒂蒂說 David 很支持她這次的發表會，還讓姨媽帶她去拍了很多的沙龍照……」

小詩把自己知道的情況大概說了一下，還特別強調蒂蒂非常寶貝那些沙龍照。

現在，媽媽更是要好好的批評一下自己的姊姊了，「你看，David 對蒂蒂這麼好，你也應該對 Melody 好呀！」

「哎，你別誤會，我對 Melody 也很好的。」姨媽抗議道

「可是那只是表面上，對不對？這樣不行啦，你應該打心底的接受

Melody，這樣才能保障你跟 David 的幸福——」

「拜託拜託，別再跟我說教了！你明明是妹妹，怎麼老是跟我說教，」姨媽忙不迭的打斷道：「你說的這些大道理我都知道啦，我只是跟你說我的真心話，那就是如果碰到一個難搞的小孩，要做到『愛屋及烏』真的很不容易，沒有經歷過的人是很難體會的，我覺得我能夠做到表面上對她很好，已經不錯了！」

媽媽說：「真搞不懂，就一個七歲都不到的小孩，會有多難搞？我也不喜歡跟你說教，而且就像你說的，你明明是姊姊，怎麼老是我跟你說教？可是啊，我真的覺得你實在是有點長不大哪，你要成熟一點啊，不能總是要環境來適應我們，要我們自己去適應環境啊……」

哇啦哇啦，媽媽口若懸河，說得可帶勁了。

其實，媽媽確實是挺好為人師、挺愛說教的，這一點小詩可是有著深切的體會。幸好媽媽心地良善，她的說教，讓人都還挺能接受，有時候小詩甚至覺得挺需要媽媽不時就跟自己說教一下，為自己打打氣。

總之，「再婚生活」這個有如連續劇般的主題，就這樣伴隨著她們三個人走完了那條小徑，回到了停車場。

稍後，一回到家，姨媽才剛剛停好車，車庫門才剛剛關上，連接廚房和車庫的那個門就被迫不及待的打開了，緊接著，蒂蒂衝了過來，氣呼呼的大嚷大叫：「Melody 破壞我的相簿！她把果汁灑在上面！她一定是故意的！」

蒂蒂滿臉通紅，聲音聽起來更是歇斯底里，一副氣炸了的模樣。

「怎麼回事？」姨媽連忙問。

「我也不知道啊！我沒惹她啊！——」

蒂蒂激動的表示，在她們三個出門以後，她就待在房裡看照片，看了一會兒，她去了一趟洗手間，等她回到房間的時候，慘劇已經發生了，相片簿被潑灑了果汁，那個 Melody 還一直拿紙巾在擦，想要滅跡——

「好過分啊！她應該知道那些照片對我很重要啊！」蒂蒂氣得要命。

姨媽轉過頭來對媽媽說：「看吧，我跟你說過的，這個小孩就是很麻煩、很不討喜，叫我要怎麼打心底的喜歡她？」

「別這麼說，」媽媽還是好言相勸，「她畢竟還小，也許只是不小心，不是故意的——」

「就是故意！一定是故意！」蒂蒂的聲音聽起來十分尖銳，「我早就跟她說過，手上拿著果汁飲料之類的時候不要過來東翻西翻，她就是不聽！」

媽媽趕緊說：「好了好了，別這麼激動，那些相片還好吧？沒壞吧？」

蒂蒂氣憤的說：「壞是沒壞啦，但是感覺就是很不舒服啊，被汙染了啊！害我後來擦了半天！」

這天，在接下來的大半天裡，一直到晚飯過後，小詩都沒有看到 Melody，Melody 的房門大部分時候都是關著的，如果聽到門開的聲音，一定是 Melody 跑出來上個廁所或是喝個水、吃個東西什麼，蒂蒂不是說過 Melody 最近就像一隻大老鼠，老在吃個不停嗎？不過，就算 Melody 老是廚房、臥室這樣上上下下跑個不停，在一陣塑膠袋悉悉窣窣的聲響之後，小詩也總是很快就又聽到 Melody 的房

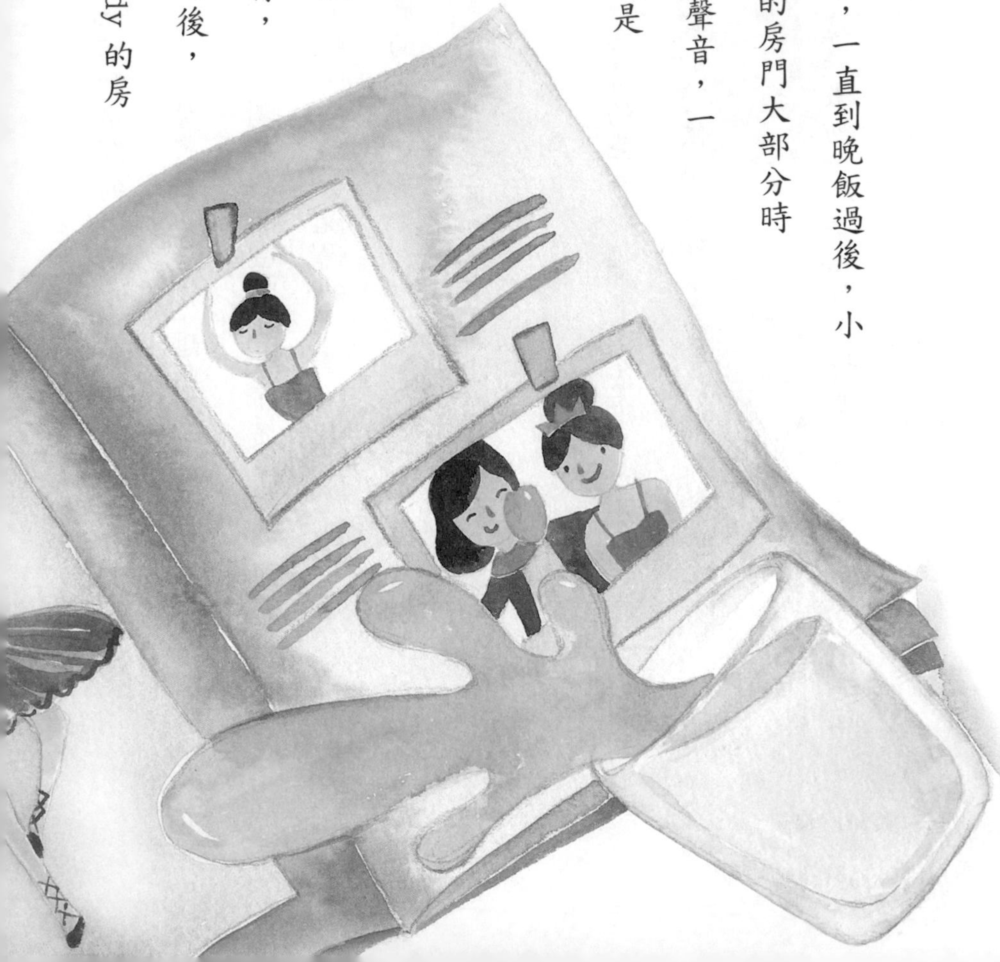

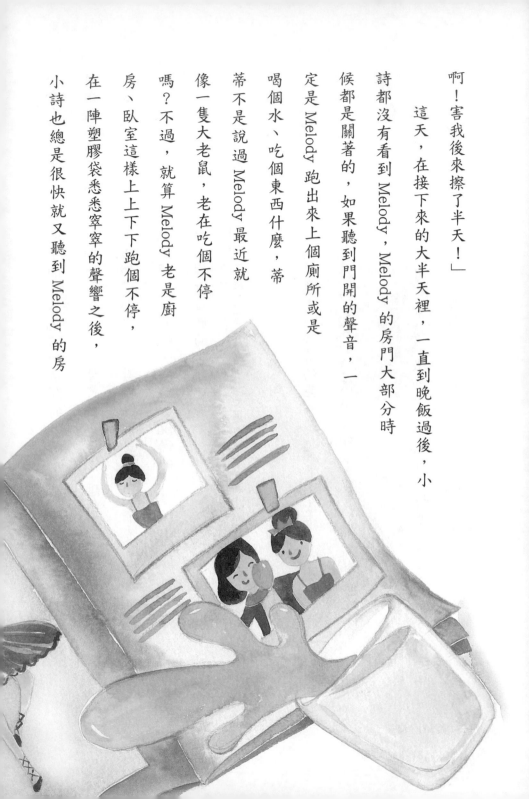

門再度被關上的聲音。小詩心想，Melody 想必是自覺闖了禍，所以趕緊躲起來了。

小詩猜想 Melody 很可能還是躲在那個塑膠板搭起來的娃娃屋裡吧——

她想像著 Melody 躲在娃娃屋裡的模樣，覺得她就像一隻飽受驚嚇的小兔子，心裡有一種不大忍心的感覺。

小詩覺得媽媽說得對，Melcdy 畢竟還那麼小啊，連七歲都還不到，有什麼不能為她多擔待一點的？

5

在祕密基地裡的交流

當天晚上，小詩努力撐到了九點鐘才疲憊萬分的爬上床去睡覺。媽媽說，要是第一天晚上就能夠一覺到天亮，時差一定很快就可以調整過來了。

小詩上樓的時候，媽媽和姨媽還在餐廳聊天。小詩心想，媽媽可真是精力旺盛啊。

進入客房，爬上床，小詩差不多是頭一沾到枕頭就睡著了。

幾乎就是在進入夢鄉的那一瞬間，她又回到上午和媽媽、姨媽一起散步的那個公園，只是現在在夢中只有她一個人獨自走在那條幽靜的小徑上，媽媽和姨媽都不見人影。

走著走著，小詩想起應該吹一下哨子，提醒那些森林大熊有人在附近，讓牠們不要接近，可是低頭一看，這才發現手上空空如也，哪有什麼哨子。

咦，哨子呢？小詩覺得很奇怪，不過，馬上又想，不管了，接著走吧。也不知道為什麼，她就是隱隱約約的感覺到這條小徑會帶著自己去一個好玩的地方。

順著小徑，走了一會兒，小徑似乎變得愈來愈寬，緊接著，居然真的把小詩帶到一棟小屋的面前。小詩停下來，第一眼看到小屋的外牆就覺得十分眼熟，那是由一大堆五顏六色的塑膠板組合而成，令小詩很快便想起Melody房裡的那個娃娃屋，只不過眼前這一棟小屋的比例要放大很多。

小詩走向前，「叩叩叩叩」先輕輕敲了一下木板門，等了好幾分鐘，發現都沒人回應，便伸出手試著去轉一下門把，沒想到就那麼隨手一轉，門居然還真的就開了，然後小詩就大著膽子推門進去——

哇！她都看到了些什麼呀？放眼望去，屋裡的色彩、家具、家飾……一切的一切，簡直就跟動畫片，或是圖畫書裡頭看到的小木屋一模一樣——小木屋？咦，小詩覺得好奇怪，怎麼進來以後再看看牆壁，明明都是木頭呀！真搞不懂方才站在外面的時候，為什麼看上去全部都是塑膠板？

小詩對這一切感到既新奇又有趣，就充滿好奇的在屋子裡到處轉來轉去。

很快的，她看到客廳有三張大小不同的沙發，她每張沙發都坐坐看，覺得最小的那張沙發坐起來最舒服。接著，她在餐廳的餐桌上，看到三份餐具，也是大、中、小三種不同的尺寸……

慢著——小詩突然意識到，這個景象怎麼那麼熟悉啊？——對了，明明就是那個〈三隻熊〉的童話嘛！

「沒關係，我這是在作夢。」小詩想著。

她一邊想著，奇怪，我怎麼會知道自己是在作夢？一邊又忍不住往樓上走去，盤算著樓上的臥室一定會有三張大小不同的睡床。

上去一看——嘿，果然有！

她立刻像童話故事裡的那個小女孩一樣，把睡鋪一張一張的睡過去，果然還是最小的那張床睡起來最舒服。

小詩剛剛在小床上舒舒服服的伸了一個懶腰，

就聽見「咚咚咚咚」有人上樓的聲音，聽那聲音好像一下子還同時上來了好幾個人，她趕快坐起來，緊張的看著房門。

很快的，房門開了，令小詩驚訝的是，進來的不是故事裡的三隻熊，而是Melody、David，還有一個她不認識的年輕女人！

就在這時，小詩忽然

醒了。

一醒來，她就覺得腦筋無比的清楚，清楚到不僅對方才的夢境印象非常清晰，甚至腦子一轉還能夠立刻分析，猜想夢中那個陌生的年輕女子一定是Melody的媽媽，當然，是自己所想像的Melody的媽媽，感覺上在夢中自己就像是一個外來者，侵入了Melody和她爸爸媽媽的家！

再仔細一想，小詩簡直不得不佩服自己，怎麼連作夢都夢得那麼科學、那麼合乎邏輯；想想看，既然Melody的媽媽當年是因難產而死，也就是說去世已經六年多了，難怪在夢中她站在David身邊的時候會顯得那麼年輕。

想到Melody一家三口住在那童話般的小木屋——小詩忽然有一種感覺，如果自己是Melody，對於接受現狀，看到熟悉的房屋被重新粉刷，看到一個阿姨帶著一個姊姊住了進來，然後，那個阿姨還從此就跟爸爸住在同一個房間，以前爸爸都是單獨住在那個房間的——小詩愈想就愈覺得，不管 Melody 有多搗蛋，好像也都很正常啊！

小詩看看身邊熟睡的媽媽。媽媽真的睡得好熟，居然還發出了鼾聲，儘管並不是很大聲，但可能是因為四周太安靜了，所以還是格外覺得很響。

小詩心想，既然自己現在腦筋這麼清楚、都能夠這麼快就對夢境做了一番合情合理的分析，感覺就像是睡了一頓舒服無比的飽覺，八成快要天亮了吧，不知道現在是幾點了？

她記得床頭櫃上有一個小鬧鐘，便翻了一個身，朝床頭櫃上輕輕的摸索；時候一定還早，她可不想吵醒媽媽，想讓媽媽再多睡一會兒。

過了一會兒，當她拿起小鬧鐘一看——

小詩簡直不敢相信自己的眼睛，怎麼可能啊？現在居然才夜裡十二點多？也就是說，算算自己才睡了頂多三個多小時而已？實在不像啊，她明明已經睡得很飽了啊！

小詩明白過來，時差——一定就是時差的緣故，之前媽媽曾經提醒過她，要是半夜醒來睡不著，就躺著閉目養神，也許躺著躺著就又能夠睡著了。

不過，躺了好幾分鐘以後，小詩還是毫無睡意，倒是想上洗手間了，便輕手輕腳的爬下床，打開房門出去。

走廊上有一盞小夜燈，剛好足夠讓夜裡下床的人找方向。小詩盡可能不發出一點聲音，幸好腳下都是地毯，移動起來幾乎可以做到無聲無息。

她輕輕的走到浴室門口，再輕輕的進去。過了一會兒，當她輕輕轉動浴室的門把，打算輕輕的出去再回到客房時，萬萬沒有想到，就在她一打開浴室門的那一瞬間，吃驚的發現 Melody 居然又坐在浴室的門前，懷裡抱著一個洋娃娃，仰著小腦袋看著自己，就跟白天的時候一樣！不同的是，此刻在小夜燈的照明下，小詩清清楚楚的看到 Melody 一臉的委屈。

小詩的一顆心猛的一下都提到嗓子眼了，幸好她不是那種很容易大驚小怪的人，Melody 又及時豎起右手食指放在嘴巴上，強烈要求小詩別出聲，小詩這才沒有尖叫出來。

不過，小詩當然還是挺不滿的，小聲的抱怨道：「你怎麼又坐在這裡？你要嚇死人啊。」

Melody 爬起來，可憐兮兮的低低說了一句：「Sorry！」

小詩一聽，在第一時間想到的是一個非常重要的問題，「你不會說中文嗎？」

「會。」

幸好！小詩放心了，要不然就得比手劃腳了。

Melody看著小詩，小臉看起來嚴肅無比，然後說了一句：「我沒有。」

「沒有什麼？」小詩一頭霧水。

「我沒有故意破壞蒂蒂的照片。」

儘管Melody說的是中文，但腔調還是不大對勁兒，就是一個小外國人在說中文的感覺。Melody是在加拿大出生的，小詩記得曾經聽媽媽說過，在國外出生的小孩講起中文往往天生就帶著一種外國人的腔調，果然如此啊。

打從到了溫哥華姨媽家以後，這還是小詩頭一回正式的跟Melody面對面，也是小詩頭一回跟Melody說話。由於白天的照片簿風波，後來小詩都沒有再看到Melody，就連晚餐Melody都沒有出來吃，現在三更半夜的，Melody突然把小詩給堵在浴室門口，還彷彿申冤一樣提起照片簿的事，小詩有一種「受寵若驚」的感覺，疑惑的想，這個小鬼幹嘛要跟我說這個啊？

但是，既然 Melody 現在都說了，小詩覺得自己好像又不能不回應，只好說：「沒關係，我媽媽也一直在說你一定只是不小心，明天再跟蒂蒂說一下就好了。」

「蒂蒂討厭我。」Melody 說。

「呃，不會啦。」

「Carol 也討厭我。」Melody 的口氣相當哀怨。

Melody 所說的 Carol，就是姨媽。

「不會啦，真的不會，你別亂想。」

其實，小詩也感覺得出姨媽和蒂蒂表姊確實是都不大喜歡 Melody，但是看在 Melody 那麼小的份上，再加上小詩實在不習慣當面聽 Melody 說這些，所以當然只有含混的為姨媽和蒂蒂表姊解釋；小詩覺得自己總要站在姨媽和蒂蒂這一邊呀。

然而，Melody 卻說：「你不要騙我了，我不笨。」

小詩一時語塞，只好無力的繼續硬扯，「不是啦，真的不會——」

然而，小詩的話還沒有說完，就被 Melody 給打斷了。Melody 突然毫無預兆、甚至可以說是有些突兀的問道：「你想不想看看我的祕密基地？」

這個時候，在 Melody 的小臉上，什麼委屈之類的表情都不見了，換上的是一種小孩子常見的那種殷切的神情，就是那種熱切想要有人來陪自己玩的樣子。小詩不免有些納悶，這個 Melody 的表情，或者應該說是 Melody 的情緒，怎麼會變得這麼快呀！前一秒鐘還那麼憂鬱，下一秒鐘怎麼突然又變得這麼歡快，真奇怪！小詩想起曾經在書上讀到過一句俗語，怎麼說她想不起來了，但還記得意思大致是把春天的天氣形容成小孩子的臉，一會兒哭、一會兒笑，一會兒出大太陽、一會兒又下大雨，喜怒無常、變幻莫測，原來是真的呀！小詩又想，不知道自己小時候是什麼樣子，也是這樣嗎？

坦白說，一天下來，小詩有一種感覺，這段期間，對於這個 Melody 最好是敬而遠之比較好，可是，一方面可能是因為小詩對 Melody 有些好奇，還有些說不出的——「同情」——對，就是一種同情——小詩想起剛剛才做的那個關於小木屋的夢，心想姨媽和蒂蒂表姊對於 Melody 來說不就像是兩個「外來者」，甚至是「入侵者」嗎？Melody 對於這樣的改變是怎麼想的呢？

就在這短短兩三秒鐘的時間之內，小詩的腦子飛速運轉，心想，既然現在 Melody 對自己這麼友善，自己不妨就接受她的好意吧，也許在跟 Melody 親近的同時，還能夠為 Melody 和姨媽，還有蒂蒂表姊拉近一點關係呢！

想到這裡，小詩就趕緊應道：「好呀，當然想看，你帶我去吧。」

其實，不用 Melody 提示，小詩已經猜到所謂的「祕密基地」指的是哪裡。

果然，一聽小詩說願意，Melody 馬上就很高興的上前，一手抓著洋娃娃，一手牽起小詩的手。Melody 的小手肉乎乎的，感覺好柔軟，握起來好舒服。小詩很慶幸 Melody 這個時候沒有在吃東西，要是 Melody 拿一隻髒兮兮的小手來牽自己，那可就很討厭了。

Melody 就這樣牽著小詩轉身往自己的房間走。以一個七歲左右的小孩來說，Melody 算是高的，剛好小詩又特別迷你，以致此刻當兩個人都站著的時候，小詩發現她們的身高竟然差不多，Melody 只比小詩要矮那麼一點點而已，但這會兒 Melody 卻像是在牽一個小妹妹似的牽著小詩，真讓小詩哭笑不得。

一進房間，Melody 就把房門輕輕的關上，然後在小夜燈微弱的燈光下，拉著小詩鑽進那個用五顏六色塑膠板組合而成的娃娃屋裡去；果然不錯，當小詩一聽到 Melody 說什麼「祕密基地」的時候，腦海中首先閃過的就是這個娃娃屋。

娃娃屋裡的空間不大，兩個女孩一擠進去，身子根本伸展不開，只能盤腿坐著，而且兩人幾乎是只能靠在一起，沒什麼多餘的空間。小詩留意到地面上攤開著一份迷宮遊戲圖，還有幾枝蠟筆之類，就是她和媽媽在飛機上拿的那個專門給兒童的禮袋，顯然 Melody 還滿有興趣的，小詩想到當時自己本來不想拿這個禮袋，現在不由得心想，幸好後來還是拿了。

「你怎麼這麼晚還不睡？」小詩問。

「我想等吃了宵夜再睡。」

MELODY

小詩聽了，覺得挺意外，儘管晚餐的時候 Melody 一個人躲在房間裡不肯出來，但是當她看到 David 端著一個大大的餐盤、上面放著簡直是有點過分豐富的食物上樓要給 Melody 吃的時候，還曾經覺得不可思議，吃驚的想著，這個 Melody 年紀不大，胃口倒是不小啊。這會兒，小詩不免又想，奇怪，Melody 的晚餐吃了這麼多，怎麼現在還會餓？居然還會需要吃宵夜？難道 Melody 有四個胃？還是說 Melody 的胃就像一個無底洞，怎麼也吃不飽呀！

小詩決定先求證一下，「晚餐你都吃了嗎？」

「嗯。」Melody 點點頭。

小詩更詫異了，「你沒吃飽嗎？我看你爸爸給你端上來的東西很多呀！」

「吃飽了。」

小詩奇怪的問：「既然都吃飽了為什麼還要吃宵夜？現在距離晚餐也不過才五個多小時吧！你吃得這麼多，怎麼會這麼快就餓了？」

Melody說：「我是不餓，可是我還是想吃一頓宵夜再睡，而且我聽說一吃飽就睡的話特別容易胖，所以我才打算要等到感覺有一點餓的時候再趕快去吃一頓宵夜，然後趕快去睡。」

「所以你才會到現在都還沒有睡？」小詩問。

「對呀。」

小詩愈聽愈糊塗，「幹嘛要這麼麻煩啊？」

「因為——我想要趕快長大！」

「什麼意思？」

「我不想自己永遠都這麼小！爸爸說過，小孩子一定要好好吃飯，才會快快長大，就像小花小草需要澆水才會長大一樣。為了趕快長大，我現在都拚命的吃，我有一盆小花，我現在在跟它比賽長大，我每天都給它澆水，有時候一天還會澆好幾次，就像我一天也要吃好幾頓一樣。」

「你養的是什麼花？如果是草花都比較嬌嫩，不能澆那麼多水的，澆太多反而會死的。」

「真的嗎？」Melody 似乎大吃一驚，「什麼是草花？」

「這個嘛其實我也不是很懂，好像那些季節性的花都是吧，比方說鳳仙花就是。」

「說真的，我也搞不懂我的花是什麼花，是有一次在超市順便買的。你確定真的不能多澆水？多澆水真的不好啊？」

「至少草花是不能夠澆太多水的，它會吸收不過來。」

「啊，難怪——難怪我今天看它好像沒什麼精神的樣子——那我呢？我吃這麼多，也會死嗎？」

「當然不會啦，你胡說什麼呀！只是，我不明白你在急什麼，你現在還小，很快就會長大的——」

說到這裡，小詩不由得停了下來，因為她馬上就想到這好像也不一定啊，自己向來都不怎麼挑食，吃飯睡覺什麼的也一直都還算正常，可是也不知道是怎麼回事，這兩三年來她就幾乎都沒有再長高，時間彷彿在她身上離奇詭異的靜止了，這到底是為什麼啊？

想到這裡，小詩心虛了，不敢再講什麼大道理，同時對於 Melody 方才所說的話，忽然非常能夠感同身受，情不自禁的嘆了一口氣，「唉，其實我也是，我也想趕快長大，我不想自己永遠都這麼小！」

「真的？」Melody 的口氣頓時有些激動，「我就知道！我就跟媽咪說，我可以告訴你，你一定能夠瞭解的！」

一聽 Melody 這麼說，小詩嚇了一大跳，因為她明明記得聽媽媽和姨媽說過，Melody的媽媽當年是在生Melody的時候，因為難產而死，也就是說，Melody絕對不可能見過她的媽媽啊，怎麼可能還會跟媽媽對話呢！

小詩懷疑會不會是自己聽錯了，鄭重其事的問道：「你是說——你跟你媽媽說？——」

「是啊。」Melody若無其事的應道。

在微弱的光線下，在Melody的祕密基地裡，小詩可以看到Melody一臉無邪，就連Melody的聲音此刻聽起來都是那麼的單純。

這時，小詩有了一個想法，便試探性的問道：「Melody，你是不是很喜歡玩扮家家呀？」

「咦，你怎麼知道？」

果然。小詩心想，Melody所謂「跟媽媽說」，一定是她想像出來的——

然而，Melody偏偏要說：「媽媽經常在這裡陪我，媽媽對我最好了！」

儘管小詩明明知道Melody是在扮家家，然而在這樣的三更半夜，兩人一起擠在狹小的祕密基地裡，聽到Melody一本正經的這麼說，小詩的心裡不免還是有些發毛，甚至還像被催眠似的傻傻的重覆道：「你是說就在這裡？」

「對呀，只要能跟媽媽在一起，我最開心了！如果不是為了要跑出去吃東西、上廁所，我可以在這裡待上一整天。」

小詩小心的問：「那——現在呢？」

當她這麼問的時候，忍不住睜大眼睛四處看了一下。

Melody笑笑，「現在當然沒有啦！我跟媽媽講過，說要請你進來玩，所以媽媽今天晚上就先走了，要不然會擠不下。」

擠不下？確實，這個祕密基地明顯只能塞進兩個人，聽到Melody這麼說，小詩居然鬆了一口氣！但小詩隨即又覺得自己實在是很可笑，又暗暗在心裡咕噥道，我這是在想什麼呀！

這時，Melody 認真的問道：「你剛才說也想趕快長大，是真的嗎？」

「當然是真的啊，」小詩有些焦慮的回答道：「說真的，我也很擔心會不會永遠都長不高了？——」

沒想到，Melody 不等小詩說完，居然就搶著說：「長高？不對不對，不是長高，是長大！我不矮的，在我們長頸鹿班上，我是最高的了，我是想要趕快長大！」

長高，長大——小詩仔細一想，對呀，這是兩個概念，自己不是一向都很清楚的嗎？當別人說自己怎　長不大的時候，她也曾辯白過「不是長不大，只是長不高」，怎麼自己這會兒反倒忘了？

就在這時，一聲很輕的轉動門把的聲音從房門那裡傳過來，小詩和

Melody不約而同都朝著房門看過去，結果，清清楚楚的看到房門被輕輕的推開——

或許是因為才剛剛聽說了Melody「和媽媽說話」的事，一種莫名的恐懼此刻忽然自小詩的心底迅速升起，快得連她自己都不知道自己究竟在怕些什麼。

Melody居然還非常平靜的說：「媽媽來了。」

小詩真的開始怕了，「噯，你在說什麼啊！」

「你媽媽啊，那不是你媽媽嗎？」Melody指著已經半開的房門口。

小詩睜大眼睛仔細的又看了一看，果真看到一個頭髮卷卷的人探頭進來，一看就知道是媽媽。

媽媽小聲的試探道：「小詩，你在這裡嗎？」

小詩很想回Melody一句「真是的，你媽媽、我媽媽，你就不能說清楚一點啊」，但想到Melody畢竟是一個小孩子，應該不會是故意要惡作劇吧，自己並沒有得罪她呀！於是，小詩只得把那句很衝的話硬生生的吞了下去，然後趕緊從祕密基地裡鑽出來，並且趕緊應了一聲：「我在這裡。」

小詩一到房門口，就埋怨媽媽道：「幹嘛那麼鬼鬼祟祟的啊，嚇死人了。」

媽媽則小聲回答道：「我哪有鬼鬼祟祟，只不過是想盡量小聲一點，怕吵醒人家嘛，現在人家都睡了。你跑到這裡來做什麼？」

小詩回頭看看密基地，現在房間裡的光線太暗，她感覺Melody好像又趴在祕密基地的「窗」前，但是又看不清楚。

「Melody要我來玩的，她還沒睡。」小詩說。

「啊？這麼晚了怎麼還沒睡？」

「她說要等肚子餓一點以後吃一頓宵夜再睡。」

按說一般都是肚子餓了以後才會想要吃宵夜，怎麼會要專程等肚子餓一點以後再吃宵夜？再加上媽媽現在也還有時差問題，腦子使不上力，因此一聽就昏了，愣愣的問道：「你在說什麼呀，我怎麼聽不懂？」

「那我等一下再跟你解釋好了。」

說著，小詩又返身回到「祕密基地」前面蹲下來，果然不錯，Melody確實是又把小臉貼在「窗」前，就像白天她第一眼看到Melody這個「祕密基地」的時候一樣。

這個時候，Melody的小臉滿是失落。小詩覺得有些不敢相信，因為她覺得這種神情挺老氣的，不大像是一個七歲都還不到的孩子會有的表情。

那種心疼小妹妹的感覺很自然的又冒出來了。小詩關心的問道：「你現在還想吃宵夜嗎？」

Melody 點點頭。

「要不要我弄給你吃？」

「你怎麼會弄？你跟我一樣大啊！」

直到這個時候，小詩才如夢初醒，原來 Melody 是徹底的搞錯了；或許是因為英文中的「cousin」可以用來稱呼所有的堂兄弟姊妹以及表兄弟姊妹，Melody 又是在國外出生，弄不清「堂姊」、「堂妹」、「表姊」、「表妹」的意涵也很正常，小詩知道一定是由於自己的個子跟 Melody 差不多，所以才會讓 Melody 誤會，以為自己跟她差不多，實際上她這個「小表姊」可是要比 Melody 大了至少六歲呢。

小詩又想，難怪剛才她們會有關於「長大」和「長高」的混淆，原來如此！

但是，這個時候小詩又覺得三言兩語的講不清楚，便輕描淡寫的說：

「反正我可以弄給你吃，要不要？」

「還是不要了，我自己吃蛋糕就可以了。」

Melody 的語氣中有著明顯的不相信的味道；Melody 不信小詩會弄什麼宵夜。

「你確定？」小詩又問了一次。

「當然確定！」

「好吧，那我就去睡啦，明天見！」

稍後，一回到客房，媽媽就說：「你怎麼半夜不睡覺，跑去跟 Melody 玩？」

「都跟你說了，不是我自己跑去的，是她邀我去的。」

「那你怎麼碰到她的呢？」

「我不是故意的，就是突然醒了，然後是她拉我去她房間玩的。媽，你呢？你怎麼不睡？」

「哎，還不是跟你一樣，時差嘛，沒睡多久就醒了，」媽媽說：「趕快睡吧，睡不著就閉目養神。」

躺了一會兒，小詩睡不著，想跟媽媽說說話，可是，才剛剛一開口就被媽媽阻止了，媽媽堅持說：「我們現在最好別說話，一聊天就會愈聊愈清醒——」

「我現在已經覺得很清醒啦。」

「不行不行，還是要想辦法再多睡一下，現在是半夜哪，離天亮還有好幾個小時的。」

「可我就是睡不著怎麼辦？」

「睡不著就閉目養神罷，這樣也許慢慢就會睡著了，有什麼話等明天再說。」

小詩只好不吭聲了，在黑暗之中開始盤算，明天要找個機會好好跟Melody 解釋一下自己的年紀。

小詩心想，怪不得 Melody 好像對自己特別友好，原來她是誤會了，以為自己是她的同齡人，難怪難怪！

6

疑雲

小詩沒有想到，第二天早上九點多，她還沒機會跟 Melody 好好解釋一下關於年紀、關於自己長不高的問題，Melody 倒已經主動來找她了，只不過，這回 Melody 可不像夜裡那麼友善。

當時，小詩迷迷糊糊的醒來，頭痛得要命，勉強睜開眼睛，看到 Melody 一臉怒容的站在自己的床前，這個時候小詩還不知道自己其實是被 Melody 給推醒的。

「起來，快起來！」Melody 說著推了小詩一下。

「Melody，早啊——」小詩語音模糊，無法克制的打了一個大大的呵欠。

「你快起來，我有話要問你！」

說著，Melody 又推了小詩一把。

這一把比較用力，小詩總算是清醒些了，再加上看到 Melody 的小臉漲得像豬肝那麼紅，整個上半身還那麼明顯用力的一鼓一鼓，活像一個大氣包，好像隨時都會爆炸。

「怎麼啦？」小詩問。

她感覺得到Melody在生自己的氣，但是她不知道為什麼。

Melody怒氣衝衝的問道：「為什麼你要騙我？」

「騙你？」小詩這下全醒了，趕緊坐了起來，「我騙你什麼了？」

「原來你都快十三歲了！原來你跟蒂蒂差不多大！我還以為你是跟我差不多大！」

「喂喂喂，你要講點道理，我什麼時候跟你說我是跟你差不多大？那是你自己認為的啊！我又沒騙你說我是跟你差不多大！」

「可是、可是、可是——」Melody好像一下子詞窮了，「可是」了半天，居然說：「你應該告訴我的嘛！你應該知道我會以為你不大呀！」

簡直是強詞奪理，小詩都忍不住要笑出來了，心想就算 Melody 在同齡的孩子中間一定算是長得比較高大的，但畢竟還是一個小孩子嘛。

「我怎麼會知道呀，」小詩說：「再說難道你要是早知道我沒那麼小，就不跟我做朋友啦？就不請我去你的『祕密基地』玩啦？」

小詩說得輕鬆，還有一種逗著小孩玩兒的口氣，當然，所謂「逗」自然是善意的，但出乎她意料之外的是，Melody 卻把這個誤會看得很嚴重，居然還是氣呼呼的回應道：「當然！要是我知道你那麼大，我就不跟你做朋友了！比我大的都是壞人！」

一頓發洩似的嚷嚷之後，Melody 轉身就跑。在快要跑出客房門口的時候差一點和聞聲過來的蒂蒂迎面撞上。

蒂蒂皺著眉頭看了 Melody 一眼，嘀咕了一聲「跑什麼呀」，Melody 沒有搭理，只看了蒂蒂一眼就跑掉了。

蒂蒂走向小詩，「怎麼啦？」

小詩還在咀嚼著 Melody 剛才所說「比我大的都是壞人」這一句話，到底是什麼意思？

「沒什麼——我不知道她在氣什麼——」

「別管她，她就是這樣，怪怪的。」

「是嗎？」

小詩不置可否，一邊下床，一邊迅速回想從昨天半夜以來 Melody 的種種表現，好像確實是有一點怪怪的，至少有一點喜怒無常。

蒂蒂呢，在批評過 Melody 之後，馬上就把她給放在一邊了，熱切的問小詩：「你今天要不要去看我彩排？」

「彩排？」

「對呀，明天晚上就是發表會了呀，你沒忘吧！」

「沒忘沒忘，好啊，我去看。」

「太好了！」蒂蒂很滿意，「那你趕快下來吃早餐，吃完了我們就去。」

不過，一會兒當媽媽進來拿東西，小詩跟媽媽說起要去看蒂蒂彩排的時候，媽媽卻小聲的說：「去看彩排？你瘋啦！」

「怎麼啦？」

「我們明天晚上已經要去看發表會啦，發表會至少會有兩三個小時吧，要是今天再去看彩排，豈不是要看五六個小時，甚至還不止！彩排通常都要花更多的時間，一排再排，我可沒興趣。」

小詩說：「老實說我也不怎麼想看，但是剛才蒂蒂那樣問我的時候，我又不知道該怎麼辦。」

「我可是看過彩排的，太花時間了，不行，我們得想個辦法開溜，我們自己去玩吧，溫哥華這麼漂亮，我們不應該老是待在屋子裡。」

媽媽有個好朋友宋阿姨參加過一次話劇公演，在公演前夕，媽媽去看過彩排。當時宋阿姨剛剛婚變，媽媽經常陪著宋阿姨，得知宋阿姨要參加話劇演出，媽媽認為這對於轉移宋阿姨低落的情緒很有幫助，表現得比宋阿姨還要興奮，那陣子媽媽經常非常熱心的跟著忙前忙後，不僅陪著宋阿姨對臺詞，由於擔心宋阿姨住得比較遠，還總要宋阿姨晚上排完戲以後不要回家，就近來她們家裡住。以前小詩一直以為媽媽對這一切包括看彩排都是樂在其中的呢，沒想到媽媽居然會以看彩排為苦。

聽媽媽這麼一說，小詩真的也不想去了，就央求媽媽道：「那你去說啦，就說我們要自己出去逛，而且還要馬上說，因為蒂蒂剛才說吃過早餐就要出發了！」

媽媽說：「好吧好吧，我就硬著頭皮去說吧。」

然而，稍後當她們一從房間出來，還在下樓的時候，就聽到從餐廳那兒傳來姨媽很不高興的聲音。

「你就不能配合一下嗎？等一下我們都要去，你為什麼不能一起去？」

在樓梯轉角處，小詩聽到 Melody 說：「我可以一個人在家。」

「這怎麼可能呢！你想讓我被告啊！」姨媽的聲音好尖銳，那是混合著怒氣才會有的聲音。

媽媽快步下去，走到餐廳，關心的問：「怎麼回事？」

只見姨媽一臉惱怒的說：「我說要一起去看蒂蒂彩排，Melody 就是不肯，如果她不去，那要怎麼辦？我臨時又找不到什麼朋友可以幫忙照看一下她——」

「我可以自己在家。」Melody 還是這麼說，兩手把洋娃娃抱得緊緊的。

蒂蒂也氣急敗壞的嚷起來了，瞪著 Melody 不滿的說：「這不是廢話嘛，你又不是不知道十二歲以下的小鬼是不可以自己一個人在家的！」

一聽姨媽這麼說，小詩和媽媽默契十足的立刻發聲，只不過兩人說的又不大一樣。

小詩說：「那我留下來陪 Melody 吧！」

媽媽說的是：「那我們留下來陪 Melody 吧！」

話一出口，小詩看看媽媽，想笑又不敢笑。

蒂蒂立刻表示反對，「那怎麼行！那你們就看不到彩排了啊！Melody，拜託你合作一點好不好！昨天也是因為你不肯出門，害我得留在家裡陪你，今天如果你又是這樣，誰留下來陪你啊，大家都要出去啊！要不然乾脆把你送到學校去交給 David 算了！」

「不行不行，這個絕對不行！David 那麼忙，怎麼可能把小孩帶在身邊，那他怎麼做事啊，而且他一定會覺得我們對 Melody 不好——」講到這裡，姨媽似乎想到了什麼，無論是表情或是聲調都一下子緩和下來，轉頭看看 Melody，好言好語的說：「Melody，拜託，就跟我們一起去吧，要不然我實在很難安排。」

姨媽說完，滿懷期望的看著 Melody。蒂蒂、小詩和媽媽也都很自然的一起看著 Melody，都在等著 Melody 會不會給出新的答案。

Melody 當然注意到大家都在看著自己，但她沒有考慮太久，還是說：「我要在家。」

蒂蒂首先就崩潰了，瞪著 Melody 大叫一聲：「你怎麼這樣啊！」

緊接著，蒂蒂就像連珠炮似的開始喋喋不休起來：「我就知道，我也跳芭蕾讓你很不舒服是不是？你非要這麼跟我作對啊……」

在蒂蒂一迭聲炮火猛烈的抱怨中，小詩頗為意外的發現原來 Melody 之前也跳芭蕾，但是就在一個多月以前，蒂蒂堅持就是在知道她將在發表會中參加三個節目的演出以後，Melody 就不肯再去上芭蕾課了，蒂蒂說，Melody 就是用這種方式來表示抗議，還指責 Melody 小心眼，好像芭蕾舞是她一個人的，只有她一個人可以跳……

沒等蒂蒂全部抱怨完畢，Melody 就抓著洋娃娃轉身往二樓跑，顯然是想要回到自己的房間去。小詩還馬上就猜想，Melody 是不是一進房間就鑽回她的「祕密基地」裡去？

「媽！你看啦！Melody 又這樣，也不等人家把話說完，說跑就跑！」蒂蒂很生氣。

這時，媽媽趕緊安撫道：「我看她不想去就不要勉強她去了吧，畢竟她還這麼小，我們在家陪她好了。」

「真討厭！」蒂蒂嘟著嘴，非常不滿，隨即又提出一個新的方案，「要不然阿姨你在家，小詩還是可以跟我們去啊。」

小詩在心裡說「可是我不想去啊」，但嘴巴上當然不敢說出來，只是趕快用眼神向媽媽發出求救信號。

不過，媽媽用不著接觸小詩求救的眼神就已經心領神會道：「我看小詩還是一起待在家裡吧，她可以陪 Melody 玩，要不然我可能會吃不消啊。」

小詩也趕緊說：「是啊，我可以陪 Melody 玩扮家家。」

「扮家家？」蒂蒂似乎有些不屑，「你還玩這個啊，不會太幼稚啊？」

「不會啊，我覺得滿好玩的。」

蒂蒂還是很不樂意，「可是我很想要你來看彩排嘛！」

媽媽上前拍拍蒂蒂，幫忙打著圓場說：「沒關係啦，今天不去看彩排，明天才會有更多的驚喜啊！」

「哎，好吧。」蒂蒂只好一臉不悅的勉強同意了。

就這樣，小詩和媽媽總算獲准可以留在家裡。說真的，雖然還沒辦法正式出去玩，但想到至少可以留在家裡，何況媽媽說就算沒車也可以徒步去附近走走，反正「溫哥華整座城市就像一個大公園」——這句話媽媽好像已經說了千百萬遍啦！媽媽一再強調溫哥華不管哪裡都很漂亮，到處都是風景。想到這天還是因為Melody的「不合作」，她們母女倆才能悠哉悠哉的留在家裡，小詩簡直都想跟Melody說「謝謝」了。

九點剛過，姨媽和蒂蒂就出門了。臨出門之際，姨媽再三叮嚀媽媽，Melody最近的胃口其大無比，如果她自己吃吃麵包蛋糕之類的就算了，但是她也可能會要求吃一點熱食，那恐怕就得麻煩媽媽弄給她吃。

「哎呀，說什麼麻煩，放心吧，我會弄給她吃的。」媽媽非常爽快的就一口應承下來。

「蒂蒂說 Melody 最近突然變成了一隻大老鼠，老要吃東西，很多時候看上去她好像明明肚子也不餓，可是還是要吃，真的好奇怪！」

聽姨媽這麼說，一旁的小詩便想，如果姨媽知道昨天夜裡 Melody 還是專程要等肚子餓了一點以後再吃宵夜，豈不是更要發瘋？

姨媽神祕兮兮的降低一點音量，繼續抱怨道：「之前我一直都覺得 Melody 挺乖的，對於我和 David 的結合也沒有什麼牴觸，真的，一開始都是好好的，當時我真覺得她滿歡迎我們住進來，也很高興有了一個新媽媽和新姊姊，一開始蒂蒂跟她相處得也不錯，唉，那個時候多好啊！可是就在一個多月以前 Melody 就突然變了，變得陰陽怪氣，而且也比以前麻煩很多，就拿她現在總是吃個不停這個毛病來說吧，你看，我就得一直跟在後頭給她做、給她收拾，有時候真的滿煩的！我已經很久都沒有照顧這麼小的小孩了，難得蒂蒂都長大了呀，現在居然又要回頭來照顧小孩了！」

「別這麼說，」媽媽寬慰道：「八成就是因為你已經很久都沒有照顧小孩，所以你都忘了這麼小的小孩都是滿煩的，像小詩以前在這麼小的時候也是一樣不好照顧的——」

一旁的小詩立刻抗議道：「我哪有！我不是一直都是很好打發的嗎？」

此刻小詩真正想跟媽媽說的是，老媽呀，就算你好心想要開導姨媽，也犯不著損我吧！

小詩一出聲，姨媽和媽媽都同時轉過頭來。

媽媽看來很是尷尬，「哎喲寶貝，你還在這裡啊，我以為你已經上樓去了，抱歉我沒注意到。」

小詩聽了，真是又好氣又好笑，「喔，你的意思是說，如果我在樓上，你就可以在背後說我的壞話了呀！」

哎，個子小就有這個壞處，別人總是一不小心就忽視了你的存在。

「不是啦，我哪有說你的壞話，我的女兒是最好的了！」媽媽笑道。

姨媽一臉羨慕的說：「唉，還是你們這樣最好——」

「哪有，你不知道小詩麻煩起來也是挺煩人的——」

「媽！你又來了！」小詩再度抗議。

姨媽說：「不是啦，我的意思是說，自己的小孩好像再怎麼樣都無所謂，就算是生氣，不管是我們生小孩的氣，或是小孩生我們的氣，都不會氣很久，不像別人的小孩——」

不等姨媽講完，媽媽就一本正經的說：「老姐，不是我說你，你要成熟一點啊，別老這麼說，也別老是這麼想。」

「成熟？哼，你倒是說給我聽聽，什麼叫做成熟？」

「成熟嘛，就是不拿一些假設性的問題來折磨自己，就好比打牌吧，你以前不是很喜歡打牌的嗎？當牌發完了，一副牌拿在手上，如果光是想著我怎麼就拿不到好牌、要是我能拿到一副好牌就如何如何，這麼想都是沒用的，一點意思也沒有，你應該一門心思努力想辦法把手上這副牌打到最好、發揮到最好才是！因為既然牌已經發到了你的手上，就不能再換了！」

「哼，你說得倒容易！」

姨媽的口氣還是挺不服氣的，大有一種暗示媽媽「站著說話不腰疼」的意味。

「本來就是啊，你既然要跟 David 在一起，當然就得無條件的接受他的女兒，這是理所當然、不能討價還價的嘛！我看 David 這一點就做得比你好，我看他對蒂蒂滿好的。」
「那是因為他每天不需要有那麼長的時間來跟蒂蒂相處，更不要說照顧蒂蒂，蒂蒂都這麼大了。」
「話不能這麼說吧！」
「本來就是，如果 Melody 沒那麼麻煩、好帶一點，就像一開始那段時間那樣，那也就好了。」
「老姊，這就是我要勸你的，你別老是『如果』、『如果』的，人生沒有『如果』啦！而且，就算退一萬步來說，你要多想想 Melody 畢竟還這麼小，我覺得你還是應該多擔待一點。」
姨媽似乎還想要為自己辯護，不過沒時間了，蒂蒂從樓梯口那兒頗為不滿的大嚷道：「媽！還沒講完啊！快走了啦，再不走來不及了！」
媽媽趕緊對姨媽說：「走走走，趕快走吧，家裡交給我，你放心吧！」

「那我走了，可能要搞一天，大概要到傍晚才回來。」

媽媽笑笑，連連說：「沒關係的，你就安心陪蒂蒂去彩排吧。」

說著，媽媽還看了小詩一眼，小詩能夠理解媽媽臉上是一種「我早就知道要搞這麼久」的笑容。

姨媽和蒂蒂一出門，媽媽就對小詩說：「我來把餐廳收拾一下，你上去看看 Melody。」

小詩上樓，走到 Melody 的房間，看到房門是虛掩的，也不知道是剛才沒有關緊，還是 Melody 故意開著的？

小詩輕輕敲了幾下門，「Melody，你在裡面吧？我可以進來嗎？」

問了之後，小詩便歪著頭留心聽著裡頭的動靜，等待 Melody 做出反應。

Melody 沒有讓小詩等太久。很快的，小詩就聽到 Melody 說：「進來吧！」

小詩推開房門，只見屋內暗乎乎的，這是因為明明是大白天，Melody 偏偏把窗簾都拉得嚴嚴實實，乍看之下彷彿還是黑夜。

小詩剛剛走進去，Melody 就說：「把門關上。」

聲音是從「祕密基地」那裡傳過來的。小詩關上房門以後，便朝「祕密基地」那裡走去，然後蹲下來，從窗戶往裡頭仔細的看，儘管光線很暗，小詩還是可以看到 Melody 果然待在裡頭。

「嗨，你好嗎？」小詩說：「我媽媽叫我上來看看你。」

Melody 問道：「你要不要進來？」

意思當然是問小詩要不要進「祕密基地」，小詩聽 Melody 的口氣那麼平和，心想，看這個樣子，Melody 好像已經不氣自己比她大好幾歲的那件事了，本來也就沒有什麼好氣的嘛，這樣也能成為生氣的理由才荒唐呢！

小詩應了一聲「好啊」，然後就鑽了進去。

一鑽進去，小詩本來很想問「我沒擠到你媽媽吧」，但旋即又覺得這麼說好像有點兒不敬，同時她也擔心 Melody 聽了不知道會不會生氣，這天早上 Melody 的表現簡直就像是一個小氣包，小詩暗忖要是 Melody 認為自己是在取笑她，那可就不好了，於是，話到嘴邊，小詩還是及時趕快吞了回去。

不料，Melody 反倒主動說：「我媽媽說歡迎你進來玩，米莉也說歡迎。」

這是表示扮家家開始了嗎？小詩有些猶豫，但又不敢猶豫太久，只得趕快接住話頭往下說道：「米莉——指的是它嗎？」

即使光線暗得要命，小詩還是看得出來 Melody 正抱著洋娃娃，應該就是昨天夜裡看到她抱的同一個。小詩心想，說起來打從來到姨媽家以後，每次看到 Melody，她的手上如果沒有拿著麵包蛋糕之類，好像就是抱著這個洋娃娃。

「是啊，她就是米莉，」說著，Melody 還對米莉介紹說：「米莉，這是小詩，我的表妹——」

「不不不，我是你表姊，不是表妹。」

「是嗎？」Melody 把小臉貼近米莉，做出好像在聽米莉說悄悄話的樣子，然後告訴小詩：「米莉想問你，『表姊』是不是比較大？她說覺得你比較像我表妹。」

「不管像不像，我就是你表姊，我比你要大六歲多哩！」

小詩心想，一大早 Melody 不是還在為了這個事而不高興，好像自己蓄意欺騙了她似的，怎麼這麼快就忘了？

對於早上跑到小詩的房裡去胡亂指責的事，Melody似乎真的已經忘得一乾二淨，此刻只是非常平靜的想了一想，然後說：「我媽媽也說不像，她也說覺得你看起來很小，好像比我還要小。」

「你媽媽現在在哪裡？我沒坐到她吧？」

「當然沒有，你怎麼會問這麼笨的問題！剛才她看你要進來，就先出去了，這樣你才有位置坐呀，」說著，Melody伸出一根手指頭從「祕密基地」的窗子往外一指，「喏，她就在那裡。」

小詩順著Melody所指的方向看過去，剛好看到窗邊的立燈。忽然，在那麼一瞬間，在那個立燈旁邊的窗簾，小詩感覺好像看到有什麼東西、或者說有什麼影子在晃動。

小詩愣愣的定睛看著，想要看個清楚，但是由於房間裡的光線太過昏

暗，她眨了幾下眼睛再看，還是看不清楚。

Melody 推了小詩一下，「你怎麼啦？」

被 Melody 這麼一推，雖然只是輕輕一推，力道並不大，可小詩還是嚇了一跳。

小詩脫口而出道：「這裡實在是太安靜了！」

「什麼意思啊？」

小詩的意思是，她覺得就是因為這裡實在是太安靜了，要是在國內，別說是大白天了，就是到了晚上，就算是在住宅區，也還是有可能會經常聽到一些噪音，比方說光是那些晚歸的人動不動就亂鳴喇叭這一點就夠瞧的了，這麼一來即使有那麼一絲絲詭異的氣氛，也自然就會立刻被破壞於無形，當然就不可能會這麼容易被嚇到了。

但小詩有點懶得跟 Melody 解釋這麼多，她一邊漫應著「沒什麼」，一邊還在努力睜大眼睛朝立燈那兒瞧著。

可能是因為她的眼睛已經逐漸適應了房內暗乎乎的光線，所以現在再看，小詩感覺一切正常，哪有什麼影子？哪有什麼異常？

這時，小詩聽到 Melody 說：「我不是。」

「嗯，什麼？」小詩不明白。

「我是說，不是因為蒂蒂也跳芭蕾，所以我才不跳的。」

哦，小詩想起來了，方才蒂蒂在氣憤之中是曾經這麼指控過。蒂蒂似乎深信 Melody 就是那麼霸道的認為只有自己才有資格跳芭蕾，當 Melody 在一個多月以前發現蒂蒂的芭蕾跳得很不錯，在發表會中居然要參加三個節目的演出時，心理很不平衡，然後就非常極端的再也不肯去跳芭蕾了，而且也就是從那個時候開始，Melody 開始變得怪裡怪氣，跟姨媽和蒂蒂之間原本還算相當融洽的關係也隨之急轉而下。

「以前我是在另外一個舞蹈教室，雖然只上過幾個月，沒有蒂蒂那麼久，但是那個時候 Mary 老師對我很好，我很喜歡 Mary 老師，可惜後來 Mary 老師太老了，又有病，舞蹈教室就關了，剛好蒂蒂也在學芭蕾，爸爸就讓我以後跟著蒂蒂一起去上芭蕾課，這樣 Carol 接送我們也比較方便。」

「那你後來為什麼不去上了呢？」

Melody 原本正在輕輕晃動著懷中的米莉，彷彿是在哄著米莉入睡，聽到小詩這麼一問，就好像是觸電似的馬上停了下來，但也只是靜止了幾秒鐘，Melody 便又若無其事的繼續搖起米莉。

「不為什麼，就是不想去了。」

Melody 講得很平淡，但小詩還是有一種直覺，那就是 Melody 並沒有對她坦白以告。小詩覺得一定有什麼事，一定有什麼理由，才會讓

Melody不肯再去上芭蕾課。

「Melody，我問你，你喜歡跳芭蕾嗎？」

「喜歡呀。」

「那你喜歡跟蒂蒂一起跳芭蕾嗎？」

「這個嘛——無所謂，反正就算我們一起去上課，上課的時候也不在同一組。」

小詩心想，對呀，蒂蒂比Melody大那麼多歲，蒂蒂學芭蕾的時間又比Melody要久，就算蒂蒂說一直是學得斷斷續續，但前後加起來總還是要比Melody要久得多，Melody好像才學了不過短短幾個禮拜而已呀，這麼一想，小詩就覺得說Melody因為是忌恨蒂蒂同樣跳芭蕾，而且還將在發表會上參加三個節目的演出，就開始拒上芭蕾，並且開始搗蛋——好像說服力不大夠吧！

想到這裡，小詩很誠懇的說：「Melody，你可不可以告訴我，你到底為什麼不肯去上芭蕾了？」

小詩本來還想問，你到底為什麼開始會這麼的——按姨媽的說法就是麻煩——包括變得陰陽怪氣，還這麼愛吃，小詩覺得這些事情彼此之間似乎都有一種關連，儘管她現在還不知道其中的關連究竟是什麼，但是既然按姨媽和蒂蒂所說這一切的變化都是在一個多月以前才開始的，那小詩就覺得 Melody 不肯去上芭蕾課似乎是一個關鍵，只要先把這個疑問解開，其他的問題或許就會很自然的得到解答。

然而，一聽到小詩再度提起這個話題，Melody 顯得很不高興。她抱緊懷中的米莉，突然尖著嗓子嚷著：「不要再問了，米莉說你問得太多了，我媽媽也說你問得太多了！你再問，我媽媽就要過來打你了！」

就算知道 Melody 是在扮家家，但是當 Melody 這麼說的時候，小詩還是覺得有一點毛毛的，而且，小詩也不高興，遂大聲說：「喂，你幹嘛要這麼凶啊，我是關心你，所以才問問，我又沒有什麼惡意，你幹嘛要這樣大呼小叫，居然還要讓你媽媽來打我，太過分了吧！」

「我媽媽——」

「對啊，你剛才不是說如果我再問，你媽媽就要過來打我？我說了什麼啦？問了什麼啦？你媽媽為什麼要打我？」

見小詩說得理直氣壯，Melody反而一下子就安靜了，低低的說了一句：「Sorry！」

這時，小詩不免心想，Melody畢竟只是一個小孩子啊，自己又畢竟比她要大上好幾歲，只要凶她幾句、回敬她幾句，馬上就把她給鎮住了。

小詩似乎一下子有些煞不住車，索性繼續「教訓」道：「以後有話好好說嘛，幹嘛要這樣凶巴巴的！」

「我——我哪有？你才凶——」

「那也是因為你先跟我凶，所以我才凶的啊！」

「——知道了啦。」

「還有啊，有什麼事你可以直接了當的說嘛，你不說別人怎麼知道，不知道就容易造成誤會呀！——」

小詩「訓」得正起勁兒，媽媽剛巧上來，打斷了她的話。

媽媽推開 Melody 的房門，探頭進來問道：「怎麼了？叫什麼？叫得

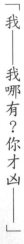

這麼大聲，我在樓下都聽見了，房間裡為什麼這麼暗啊？」

說著，媽媽就逕自走到窗邊，「刷！刷！」兩下用力把窗簾通通拉開，燦爛的陽光一下子就灑了進來！

「啊，今天的陽光多好啊！實在不應該待在室內，這樣太浪費了！」媽媽感嘆道。

小詩從「祕密基地」裡回應道：「可是我們沒有車，你真的要用走的啊？」

媽媽說：「對呀，沒有車就靠徒步吧，至少我們可以在這一帶走走也很好啊！就這麼說定，我去準備一些吃的，我們出去走走，然後找個地方野餐吧！」

這天，姨媽和蒂蒂一直到晚上九點左右才回來。當時，小詩已經快要受不了了，睏死了，正一邊嘀咕著這個時差問題還真折磨人，然後一邊準備要上樓的時候，聽見車庫那兒傳來了聲響，很快的，就看見姨媽和蒂蒂進來，兩個人都是一副快要累癱的樣子。

David 對姨媽說：「總算回來了，吃過了沒？你妹妹特別給你們留了飯菜。」

媽媽也說：「累壞了吧？要不要我現在就把飯菜熱一下？」

姨媽說：「好啊，我餓死了！都還沒吃呢。」

蒂蒂則是說：「我累得什麼都不想吃，我想去睡了。」

說著，蒂蒂拖著背包就想上樓。

David 還在勸著：「還是多少先吃一點再去睡吧，你阿姨的手藝不錯耶，比你媽媽要好多了！」

姨媽聽了，只是苦笑一下，好像累得連反駁的力氣都沒有了。

小詩則是心想，怎麼 David 為了誇媽媽居然還要損一下姨媽，怎麼大家都是這樣誇人的啊，真奇怪！

蒂蒂還是說：「我真的吃不下，我上去了。」

看蒂蒂那一副疲憊不堪的樣子，媽媽還有些擔心的說：「彩排累成這樣，會不會影響明天的演出啊？」

姨媽說：「當然不會啦，明天你們就等著看蒂蒂精彩的表現吧！」

7

爭執

第二天，小詩還沒等到欣賞蒂蒂的芭蕾舞表演，倒先意外收聽了一齣廣播劇。

那是在小詩入睡之後大約三個多小時，凌晨時分，小詩突然醒了過來。當時，她是側睡的，面朝著媽媽，在黑暗中一睜開眼，透過黯淡的小夜光，她清清楚楚的看到身旁的媽媽居然瞪著斗大的眼睛，表情還十分嚴肅。

小詩嚇了一大跳，本能的立刻往後退，還咕噥了一聲，差一點就要尖叫出來。

「幹什麼你，噓，小聲一點。」媽媽歪過頭來說了小詩一句。

小詩很無辜，「我才想問你幹什麼呢，你什麼時候會睜著眼睛睡覺了，像張飛一樣——」

傳說中三國時期的張飛不就是睜著眼睛睡覺的嗎？

「噓。」

就在這時，小詩聽到了一些聲音，仔細一聽，原來是姨媽和 David 在吵架！

小詩拿起床頭櫃上的小鬧鐘一看，凌晨快一點了。

「他們吵多久啦？」小詩問。

「你別吵，」媽媽拍拍小詩，心不在焉的說：「快睡快睡！」

可是既然都醒了，小詩哪裡還睡得著，只得也閉上嘴，努力傾聽；她猜想媽媽的兩個耳朵現在肯定都是豎得直直的。

聽了幾分鐘，小詩感覺戰況好像挺激烈，忍不住又說：「你要不要過去勸勸啊？」

「別開玩笑了，人家夫妻吵架，不好勸的，再說我跟 David 又不熟，我去勸，他一定會覺得很尷尬，不好不好！」

母女倆在黑暗中又聽了一會兒，終於，沒聲音了。

「他們是不是在吵關於 Melody 的事？」

小詩聽到了一點，但是又不大確定。

「嗯，明天我非得勸勸我老姊不可！」

「怎麼啦？」

媽媽說，雖然她也不是每一句都聽得很清楚，畢竟他們客房並不在主臥室隔壁，但是按她聽到的內容還是可以大致瞭解姨媽和 David 爭吵的原因，主要是因為 Melody 不肯去看蒂蒂他們芭蕾舞教室的發表會，這讓姨媽很不高興，一方面是覺得 Melody 很不合作，太彆扭，另一方面如果 Melody 不肯去，那就還得另外想辦法安排 Melody，把她送到什麼臨時托兒班去，問題是 Melody 還不肯接受這樣的安排，堅持說要留在家裡，這在姨媽看來簡直就是無理取鬧，所以一直在反覆質問 David：「那你叫我怎麼辦？難道你要在家陪她？你也不去了？那我們還像不像一家人啊？」

小詩說：「其實我覺得就算 David 和 Melody 都不去，也沒什麼關係嘛，姨媽幹嘛要這麼在意？王美麗上次參加表演的時候，她爸爸就沒去，就她媽媽陪她去。」

王美麗是小詩的好朋友，小六這一年，整整坐了一整年的同桌。

媽媽說：「在國外不可以這樣，在國外只要是哪一個家庭成員有什麼活動，都應該全家參與，做爸爸媽媽的尤其一定要參與，要不然就會被看成是很大的罪過，我想可能你姨媽也擔心要是 David 不去，她的朋友會誤會以為 David 很不關心蒂蒂，甚至還會以為 David 對蒂蒂不好吧。」

這時，小詩想到連她們在客房都聽得到姨媽和 David 的爭吵，那麼就在姨媽和 David 隔壁的 Melody 一定會聽得更清楚了？當然，這是說如果 Melody 還沒睡的話。

「這個房子這麼漂亮，怎麼好像隔音效果不大好啊？」小詩說。

「國外的房子都是這樣的，因為很多都是木造的，木造的房子住起來舒服，可就是不大隔音。」

「我想去看看Melody。」

媽媽不反對，「哦，也好——想想也是啊，要是Melody被吵醒，聽到你姨媽他們吵架，那多不好。」

「Melody有可能還沒睡呢！你忘啦？昨天這個時候她就還沒睡，你不是還來她房間找我的嗎？」

「嗯，想起來了。好吧，你去吧，不過就算Melody還沒有睡，你也不要在她房間裡待得太久啊，你要叫她早一點睡——不對不對——其實已經不早了，你要叫她趕快去睡，你自己也要趕快回來睡，就算睡不著也閉目養神，想辦法睡，要不然那個時差就很難調過來。」

「知道了啦。」

小詩輕手輕腳的下床，再輕輕開門出去，剛走到走廊上就可以看到Melody 的房門是半開著。小詩心想，Melody 真是一個奇怪的小孩，既然經常躲在自己的房間裡，而且還是經常躲在房間中的「祕密基地」裡，似乎擺明瞭不想跟外界、跟任何人有什麼交流，可為什麼她的房門又很少是關得很緊，而總是半開著，要不然就是呈虛掩狀態，就好像隨時歡迎別人進來、至少也是不反對別人可以隨意進來，感覺上這不是挺矛盾的嗎？

小詩走近Melody 的房門口，把半開的房門推開一點，這麼一來，藉著微弱的燈光，她至少首先可以看到Melody 不在床上，因為棉被都還摺疊得好好的，這天晚上根本還沒有用過的跡象。

那就是在「祕密基地」裡了？

小詩朝著「祕密基地」那裡輕輕的問道：「Melody，你在嗎？我過來了喔！」

說著，小詩先走向書桌那兒，把桌上的檯燈擰開，這麼一來房間裡就不會那麼暗了，而她也很快就發現 Melody 確實是在「祕密基地」裡。

「Melody？」

小詩走近一點，看到 Melody 果然縮在「祕密基地」裡，而且是整個身子往下趴著，如果把她的兩隻手臂拉直，那就是一個五體投地的姿勢。此刻，Melody 的兩個手臂是交疊著，小腦袋則擱在上頭，再仔細一看，小詩發現 Melody 的身子好像在小小的抽動。

小詩趕緊鑽進「祕密基地」，上前扶住 Melody 的肩膀，「Melody！你在哭嗎？」

小詩稍微一使勁兒，把 Melody 上半身扶正，看到 Melody 披頭散髮，整個小臉滿是淚痕，不禁有些心疼，啊，Melody 果然在哭啊，而且好像哭得好傷心，傷心到都不敢大聲哭泣，而是就這麼小聲的飲泣，這麼小的小孩子怎麼會飲泣啊，感覺上彷佛真的是有著滿腹的委屈！

「你怎麼啦，別哭別哭，」小詩像個小姊姊似的柔聲安慰道：「有什麼事，跟我說，不要緊的！」

Melody 嚶嚶的說：「我去就是了！」

「嗯，對嘛，這樣就對了，去去有什麼關係呢？你肯去看蒂蒂演出的話那就太好了、那就天下太平了！姨媽和蒂蒂一定都會很高興，你爸爸——一定也會很高興！」

小詩本來是想說：「你爸爸一定會鬆了一口氣！」

可想而知，如果 Melody 堅持不肯去，然後呢姨媽和蒂蒂為此大為不滿，姨媽一定會要求 David 想辦法說服 Melody，讓 Melody 所謂的「配合」一下，那 David 將會背負多大的心理壓力！

當然啦，要是David是那種權威型的爸爸，事情或許還好辦，只要臉一拉，喝令Melody一定要去，絕對不容商量就行了，問題是，從方才那齣廣播劇，小詩就已經可以確定David還是一個比較民主、不願意拿家長的大帽子來壓小孩、不希望太過勉強小孩的那種爸爸，這麼一來，在姨媽強烈要求Melody必須出席，而Melody偏偏不肯照辦的情況下，那當然就是David會很難辦了，否則他和姨媽剛才也不會吵了。

現在，Melody肯退讓了，肯去欣賞蒂蒂芭蕾舞教室的發表會了，那就無異於擺在David面前的難題已經解決了，真是太好了！

然而，小詩還來不及誇獎一下Melody懂事，就聽到Melody說：「不是！我是說，我去陳阿姨那裡吧！媽媽說我太小，Carol說我太小，我也知道我太小，不能一個人留在家裡，我去就是了。」

雖然Melody提到了「媽媽」，但此時小詩顧不上扮家家，就很自然的問：「陳阿姨是誰？」

「就是看我們小孩子的，我以前去過陳阿姨家幾次——」

從 Melody 接下來的描述中，小詩慢慢瞭解到陳阿姨是住在離姨媽家不算很遠的另外一個住宅區裡，開車過去大約要半個小時。小詩這才明白，原來搞了半天，Melody 還是不肯去看蒂蒂的演出啊。

「唉，為什麼我這麼小？」Melody 哀怨的說：「為什麼我就不能長得快一點？而且——你知道嗎？我那盆小花，它也長不大了，我剛才發現它已經整個兒都垂下來了，它死了！」

「啊，真的？我就跟你說別一直澆水的呀！」

「我一直以為只要多澆水，它就會長得比較快，結果——沒想到那盆小花反而淹死了——」

說著說著，Melody 又低低的哭了起來。

小詩抱住她，一邊拍拍她的小背背，一邊安慰道：「別哭別哭，改天讓你爸爸再幫你買一盆新的——」

與此同時，小詩也忍不住疑惑的問道：「Melody，你可不可以告訴我，為什麼你就這麼堅持，怎麼也不肯去看發表會？」

「我死都不去！」

看 Melody 居然這麼堅決，可以說用「堅持」都不足以形容了，可真是有點出乎小詩的意外。

「可是你看，既然你都肯去那個陳阿姨家了，為什麼不索性乾脆就去看發表會算了？」

小詩之所以會這麼問當然也是有原因的；方才在隔牆聆聽那齣充滿火藥味的廣播劇時，小詩聽到 David 有提起會盡量安排找人來照看 Melody，這樣下午他們連同小詩和媽媽就可以放心的去欣賞芭蕾舞教室的演出，可是這個提議姨媽還是不滿意，姨媽的理由是，發表會過後會有一個自助餐會，餐點都由參與演出的學員家長來負責提供，姨媽要提供兩道食物，也就是說，發表會這天她會很忙很忙，會一大早起來就忙得團團轉，根本沒有時間來接送 Melody，而 David 當天雖然是周日，但原本是要在學校裡忙一整天的，現在為了下午要出席蒂蒂的發表會，已經跟主任請了半天的假，這麼一來上午在學校裡的事務就更加排得密密麻麻，其實也不可能還有什麼時間來處理安排保母的事，總而言之、言而總之，姨媽就是認為 Melody 當然是跟著大家一起行動，這樣最方便，David 呢儘管知道姨媽說的是合情合理，但如果 Melody 就是不肯去，他又能怎麼辦呢！

真的，就連小詩也都要跟著著急，Melody 為什麼就不能合作一點啊？

想到這裡，小詩決定要幫忙勸勸 Melody。

可是，Melody 卻可憐兮兮的說：「那個不一樣，我去陳阿姨家不怕，她只是做飯很難吃，其他沒什麼——」

這麼一來，小詩更不懂了，「那去發表會又有什麼好怕的呢？」

Melody 不吭聲。過了半晌，才幽幽的說：「那——你可不可以答應我，如果我去，你一定會陪著我，一步也不離開我？」

小詩驚喜的追問道：「你是說——你肯去看發表會了？」

「除非你會一直跟我在一起——」

「當然當然！這個簡單！我保證！我一定都跟你在一起，絕對不讓你離開我的視線，我也不會離開你的視線，好不好？」

「好吧。」

Melody 的聲音聽來十分無奈，也十分沮喪。

「別這樣，打起精神，說不定會很好玩呢！」

「唉，也許吧——還有，你今天晚上可不可以陪我睡？」

「這個呀，那我要先去跟我媽媽說一下。」

小詩趕緊回到客房，實際上她是有些迫不及待的想要告訴媽媽這個好消息。

媽媽還是醒著的，一看小詩回來，就有些埋怨道：「你怎麼去了那麼久？害我都又想過去找你了，可是又怕弄出什麼聲音，被你姨媽發現原來我還沒睡，就會想到剛才我可能聽到他們夫妻在吵架，那就尷尬了。」

「嘿嘿，媽媽，別講我了，我跟你說，我做了一件好事哩！」

「什麼好事？」

「Melody 明天肯去看發表會啦，是我勸的。」

「真的？」媽媽很意外，「你這麼厲害啊，她這麼聽你的啊，那太好了，這樣就沒事了！」

「是啊，不過她要我今天晚上過去陪她睡，我看我就去吧，你說呢？」

「好好好，你去吧，你要哄好她，別讓她改變主意！」

稍後，當小詩又回到Melody房間的時候，發現Melody把床頭櫃的燈給擰亮了。說來也真好玩，同樣的房間，同樣的布置，但是光線一亮之後，再看看「祕密基地」，也就只是一些普通的塑膠板，一點兒神祕氣息都沒有了。

Melody已經鑽進了被窩，「表妹，快來呀，請你順便把房門關上吧。」

小詩輕輕一笑，「你又忘了，我是你表姊。」

「表姊、表妹，不是都差不多，反正都是cousin。」

「在中文裡可是差很多的，『表妹』比較小，『表姊』比較大，我比你大，所以我是你『表姊』。」

「表姊，表姊——好啦，我會盡量記得。」

「這個燈要開著嗎？」小詩也鑽進了被窩。

「關著吧，反正有你在這裡陪我，我不用再扮家家也不怕了。」

「聽起來好貼心哦。」小詩關掉了床頭燈。

她才剛剛躺好，Melody 就已經轉過身來，用小手勾住她的脖子。小詩順勢抱了一下 Melody，很有一種小姊姊的感覺。

想到這裡，小詩脫口就說：「其實我一直很想要一個小妹妹。」

「那你爸媽為什麼不生？」

「這個嘛有很多原因啦，不過，我想就算可以排除萬難，他們大概也不敢再生了。」

「為什麼？」

「我猜大概是擔心再生出一個像我這樣長不大的小孩吧。」

「咦，你不是說你不是長不大，只是長不高而已？」

「哦，對對對，不錯不錯，我講話你都有在聽嘛，是長不高，不是長不大。」

「所以，你下次再來這裡玩的時候，我可能就會比你高了？」

小詩想像一下那個畫面，忍不住嘆了一口氣，「有可能。」

「沒關係，那個時候我長大了，也長高了，我會保護你的。」

「好呀，那現在是我保護你囉。」

「真的嗎？」

Melody 的口氣中有著一些明顯的懷疑，畢竟小詩這個表姊比自己高不了多少，感覺實在不大可靠。不過，Melody 還是很願意相信小詩。

「表姊，」Melody 真誠的說：「我喜歡跟你在一起。」

「我也是，我們該睡了吧。」

小詩很擔心萬一一直講話、一直不睡，那個麻煩的時差問題還會持續好幾天，會影響了她這次難得的假期。

黑暗中，安靜了一會兒，Melody 突然問道：「表姊，你有 secret 嗎？」

小詩學過「secret」這個單字，知道是「祕密」的意思，但她奇怪的是，Melody 除了說「Sorry」，似乎並沒有在講話中夾雜英文單字的習慣，來到姨媽家這兩天，也可以確定姨媽家除了叫叫名字之外，基本上也都是講中文，所以這會兒突然聽到 Melody 講了一個英文單字，感覺有那麼一點突兀。

「你怎麼突然說起英文來啦？」

「因為——這個事用英文來講感覺沒有那麼難過。」

小詩一頭霧水，不明白 Melody 這麼說是什麼意思？不過，倒是忽然很快想起有一回曾經聽媽媽在笑鬧中纏著爸爸，叫爸爸說一句情話，說爸爸從來沒有跟她說過什麼情話，後來爸爸被媽媽纏得沒辦法，只好迅速咕噥了一句「I love you」，還是帶著鄉音的，把小詩給笑死了，當時爸爸是說講英文感覺沒有那麼肉麻……

小詩心想，現在Melody是不是類似的意思呢？是不是有某一件事，對Melody幼小的心靈來說有點兒難以承受——Melody居然都用了「難過」這個詞！——所以Melody才會用英文來代替？

聯想到Melody的「彆扭」、「不合作」、「非常不願意去參加芭蕾舞教室的發表會」——小詩突然有一種猜測，Melody似乎隱藏著一個祕密，而且一定就因為這個祕密才會導致她在最近做出一連串奇怪的舉止，因為姨媽不是說過他們剛剛開始一起生活的時候，一切都是好好的嗎？

小詩大著膽子開口道：「Melody，我想問你一件事，你不要生氣——你是不是有什麼事想跟我說？」

Melody沉默了一會兒，似乎是在天人交戰，但最終還是說：「也許改天再說吧，反正你答應過我明天會一直陪著我的！」

8

走廊的盡頭

早晨八點多，當小詩醒來的時候，床上只有她一個人，Melody 不在。

小詩剛坐起來，就有人來敲門，緊接著，蒂蒂笑咪咪的走了進來。

「喲，你醒啦？我正想來叫你的呢，快起來了啦，趕快下樓來吃早餐吧！」

蒂蒂的頭髮溼溼的，顯然是剛剛才洗過頭。蒂蒂一臉容光煥發，任誰看了都會知道她的心情很好，想想這也很正常，今天畢竟是她的大日子呀！

「Melody 呢？」

「在樓下吃早餐，」蒂蒂走過來，坐在床邊，開心的說：「小詩，我要感謝你，媽咪也感謝你，聽說是你讓 Melody 不鬧脾氣了，肯乖乖跟我們去了，她現在看起來又像一個小天使了。」

「沒有啦。」

「我猜可能是因為你看起來跟她一般大，所以她才會很願意接近你。」

就在這時，小詩忽然想起 Melody 曾經沒頭沒腦的叫嚷過一句難以理解的話——「比我大的都是壞人！」

不過，小詩當然不會把這個事說出來，小孩子嘛本來就是經常會講一些莫名奇妙、讓人摸不著頭腦的話，沒有必要轉述，轉述搞不好反而會引起一些不必要的誤會。更何況，小詩心想，如果真的是因為自己的身材比較迷你，讓 Melody 產生一種親切感以及認同感，也不是壞事啊。

這麼一想，小詩也就跟著笑笑，淡淡的說：「也許吧。」

在下樓的時候，小詩就已經聞到了濃濃的香味，蒂蒂說那是煎餅的香味。一到樓下餐廳，小詩看到一幅非常溫馨的畫面：媽媽和姨媽姊妹倆的身上都穿著圍裙，正在一起有說有笑的做著三明治，她們不是做一個三明治，看起來似乎是計畫要做一大堆，餐桌上已經堆了兩大盤三明治了，看起來就像是兩座三明治的小山！可是呀，她們倆的手都還在忙、還在繼續做！

然後，小詩看到 Melody 正乖乖的、非常斯文的坐在那兒，拿著刀叉慢條斯理的吃著煎餅。自從來到姨媽家以後，這還是小詩第一次看到 Melody 坐在餐廳吃東西呢！

Melody 一看到小詩，很高興的打了一聲招呼：「表妹！」

大家一聽，都笑了。Melody 馬上會意過來，趕緊更正道：「不對不對，不是表妹，是表姊，我又忘了！」

小詩走過去，在 Melody 身邊的空位坐下，輕輕的摸了一下 Melody 的頭，「沒關係。」

她真是打心底的喜歡 Melody，覺得 Melody 好可愛。

「小詩昨天晚上睡得好不好啊？」姨媽滿臉笑意的問道。

小詩還來不及回答，媽媽就已經搶著替她說：「睡得好死喔！什麼都不知道！」

說著，媽媽跟小詩眨了一下眼睛。

這麼一來，小詩就明白了；姨媽問得好像輕描淡寫，實際上是想知道小詩昨天夜裡有沒有聽到那齣「廣播劇」。姨媽顯然是不希望小詩聽到，大概是覺得不好意思吧。

這些大人都是這樣的，生氣的時候總是那麼任性，好像什麼都豁出去了，就算是天塌下來也不管了，一直要等到「戰爭」結束，稍微平靜下來以後，才會開始想到「糟糕！會不會影響到自己的形象」、「不知道小孩會怎麼想」等等這些事。

於是，小詩便也非常配合的說：「是啊，昨天晚上我睡得很熟。」

「跟我一樣，」蒂蒂說：「我昨天彩排了一天，真的快累慘了，累得連飯都吃不下，幾乎沒吃什麼就爬上床去睡了，直到今天早上才胃口大開——咦？不對呀！」

蒂蒂停下來，困惑的看著小詩：「如果你昨天晚上睡得那麼熟，你怎麼會睡在 Melody 的房間？剛才阿姨讓我去 Melody 房間叫你的時候，我還沒有多想呢！」

小詩不知道該怎麼回答，幸好媽媽及時為她解圍道：「那是因為小詩早上起來上完廁所再回來要繼續睡的時候，糊裡糊塗走錯了房間啦！」

「真的？哈哈，小詩怎麼這麼糊塗啊，還有，Melody，那沒把你給嚇死啊！」

Melody 輕輕的說：「那個時候我已經起來了。」

小詩驚奇的看著 Melody，好傢伙，這不是明明在扯謊嗎？可是

Melody小小年紀居然可以扯得這麼自然、跟媽媽配合得這麼默契，真想不到啊。

果然，媽媽接著又說：「對呀，你們兩個大的都還在睡的時候，Melody就已經起來幫我們了，有好多吐司的皮都是她切的。」

姨媽也跟進道：「Melody真乖！」

看姨媽那麼一副心滿意足的樣子，小詩更加覺得一切真的都已經雨過天晴了。

再看看Melody，她還在那麼細嚼慢嚥的吃著煎餅，漂亮的小臉看不出有什麼異樣的表情。

後來媽媽率領著小詩和Melody在廚房裡忙了一上午，因為除了三明治，姨媽還得負責準備一道水果沙拉，但姨媽同時還得幫著蒂蒂梳頭、紮辮子，還要把辮子高高的盤起來，根本忙不過來。

中午剛過，大家吃過簡單的午餐之後，收拾好東西，按姨媽既定的計畫，準時出發。

差不多是從一上車開始，Melody 就緊緊的黏著小詩，不但緊挨著小詩坐在後排，肉乎乎的小手還始終牽著小詩，就好像是害怕小詩會隨時走丟似的。

姨媽笑著說：「Melody 真喜歡小詩啊。」

小詩心裡倒是很清楚，昨天夜裡當 Melody 終於答應今天願意一起前往的時候，曾經非常鄭重的要自己承諾絕對會一直跟她在一起，想來 Melody 所謂的「在一起」，比她想像的還要認真一百倍。

幸好路途不算太遠，一路上大家又說說笑笑，所以瞌睡蟲還來不及找到小詩並且降落在小詩的身上，目的地就已經到了，要不然說不定小詩很快就會又要去夢周公了，說來這畢竟只是來到溫哥華之後的第三天而已，時差問題照說應該還沒有辦法這麼快解決的，只不過和前兩天比較起來，現在的腦袋總算沒那麼昏了就是。

發表會是在一所私立中學一棟視聽大樓的一樓，走進這座大樓，首先看到一個廣場，四周裝飾了好多粉色系的氣球和彩帶，感覺非常的活潑輕快，但是在熱鬧的同時又相當雅致。中央有兩張大大的長桌子，鋪著米色的桌布，姨媽要大家把三明治和水果沙拉擺在桌上，說等到傍晚發表會結束，這裡就是自助餐的地點。一樓除了幾間辦公室之外，主要就是一個禮堂，禮堂的大門是敞開著，大門把手也都纏繞著粉紅色的緞帶。在禮堂門口左右兩邊擺了好多沙龍照，都是芭蕾舞教室學員們身著舞衣的沙龍照，一個個看起來都像是小公主似的，蒂蒂迫不及待把自己的照片指給小詩和媽媽看，小詩一眼就認出來，這就是蒂蒂掛在房裡眾多沙龍照中的其中一張。

走進禮堂一看，感覺非常正式，就像是一個正規的表演場所。姨媽把三張票拿給媽媽，叫媽媽帶著小詩和 Melody 過去坐，然後就忙著要陪蒂蒂去後臺準備去了。蒂蒂參加了三個節目，第一個節目全體學員都要上場。

「David 呢？」媽媽問。

姨媽說：「他的票我已經給他了，他可能不會這麼快，但是在演出之前他一定會趕到的。」

媽媽很快就找到位置坐下來，是這一排最當中的位置。小詩本來很體貼的想讓 Melody 坐在自己和媽媽中間，想要讓 Melody 有一種強烈的安全感，不過 Melody 卻要小詩挨著媽媽坐，然後她再坐在小詩的旁邊。

Melody 說：「等一下爸爸來的時候就可以坐在我旁邊的。」

小詩說：「也許你爸爸的票是在我媽媽的旁邊呢？」

如果是那樣，Melody 不是就會跟外人坐在一起了？

「不會的，」Melody 說：「這一排都是我們的，等一下爸爸來了，只要看到我們三個，他一定會坐在我旁邊的。」

「什麼意思？這一排都是我們的？」

「就是說這一排的票都是爸爸買的啊。」

媽媽聽到了，接口道：「哦，我明白了，這就是認購。」

小詩也忽然想起之前曾經聽蒂蒂說，由於演出要租場地，所有參加演出的學員家長都要認購一些門票，原來是這麼回事，原來 David 認購了一整排！

小詩暗暗數了一下，一排至少有五六十個位置吧，再低頭看看門票上所標示的票價，迅速心算一下——乖乖，好像真的是一筆不小的數目哪！

難怪蒂蒂會再三讚美David真的很大方。

媽媽對Melody說：「你爸爸和Carol應該會把票送給朋友，邀請朋友們一起來看吧？」

Melody回答：「這個我不知道，不過就算送，我想也不會太多的，反正這一排一定會有很多位置是空的。」

小詩四下望望，很快就發現不只他們這一排，仔細看看，每一排都是稀稀落落，也就是說場地雖然不小，但恐怕沒多少觀眾。但是，小詩也注意到另外一件事，那就是真的有好多家庭都是闔家參與，怪不得姨媽一直吵著要Melody一起來。這些觀眾，大部分都還是白人，有好多小觀眾，看年紀有不少都比Melody還要小，一個個都像洋娃娃一樣的乖乖坐著，小詩很納悶，這麼小怎麼坐得住啊？不是說發表會差不多會有兩三個小時嗎？

媽媽說，大概人家都是從小就習慣了吧，如果從小就經常參加這樣的活動，對於出入這種有氣質的地方習以為常，即使是年幼的孩子就也同樣能表現出非常文明有禮的樣子，就不會在會場動輒又跑又跳、吵鬧不休了。

說著說著，媽媽還不禁羨慕的表示：「這樣多好啊，不管哪一個家庭成員有活動，大家確實都應該一起參加，一起來捧場和加油，這樣才像一家人嘛！——」

媽媽說得很自然，好像完全忘記了就在昨天夜裡，姨媽和 David 不是才為了 Melody 不肯來的事而吵了一架嗎？

小詩倒是悄悄推了媽媽一下，提醒媽媽點到為止。被小詩這麼一推，媽媽這才猛然想起，趕緊閉嘴，然後向小詩露出一個尷尬的笑容，並且朝 Melody 偷看了一眼；是呀，這番話實在不應該在 Melody 的面前說，幸好

Melody 好像根本沒聽到。

小詩也看了 Melody 一眼，感覺 Melody 似乎有些心事重重。

「噯，你怎麼樣？還好吧？」小詩關心的問。

「還好——」Melody 低低的說，一副魂遊天外天的模樣。

「還好」就好，小詩也不多問了，她對剛剛拿到的節目單很感興趣，便開始低頭研究起節目單來。雖然都是英文，但是她想試試自己能看懂幾個字、又能猜出多少意思；小詩覺得這應該不會太難吧，因為每一頁都附了學員的照片，小詩感覺再怎麼樣至少也可以看圖說話呀。

坐了一會兒，小詩抬起頭來，發現觀眾比剛才要多了一些。她真希望觀眾能夠再多一點，想像中如果看到觀眾很多，對於演出者來說應該會更有勁兒吧！

令她深感佩服的是，儘管觀眾和之前相較多了不少，而且——再強調一下，其中還有不少是小觀眾——但會場竟然還是一樣的安靜，以致如果小詩不抬起頭來，根本都沒發現原來一下子又多了好些人。媽媽小聲的說，這就是文明呀。

在距離演出時間還有十分鐘的時候，原本坐得好好的 Melody 突然變得有點兒焦躁不安，竟然開始在椅子上扭動起來。

「你怎麼啦？」小詩問。

她很想說，拜託你別再這樣扭來扭去了，人家都在看你了啦。

Melody 紅著臉小聲說：「我本來想要忍的，但好像快要忍不住了——我——我想去上廁所。」

「哎呀，這種事怎麼能忍，想去就趕快去啊，要不然等一下就要開始了。」

「你陪我去。」

「當然當然，我陪你去。」

小詩趕緊跟媽媽說了一聲，媽媽面有難色，似乎不大想讓兩個孩子這個時候還要跑出去，但又很清楚這也是沒辦法的事，不可能不讓Melody去，於是乎只好叮嚀小詩一定要盡快回來。

一走出禮堂，Melody就緊緊抓著小詩的手，抓得特別緊。

小詩以為Melody是著急，趕快說：「別急別急，再忍一下下，我要找人問問洗手間在哪裡？」

說著，小詩已經連忙開始在腦袋裡進行「中翻英」，心想「請問洗手間在哪裡？」的英文該怎麼說才最標準、最正確？

然而，Melody卻說：「不用問，我知道在哪裡。」

「你知道？那太好了！」

小詩心想，不用跟老外講英文，真的太好啦！

Melody抓著小詩的手迅速往右轉，走到一條長長的走廊上。才走了沒幾步，小詩就看到洗手間的標誌了，就在走廊的末端。

這條走廊，一邊是禮堂的牆壁，牆壁上整整齊齊掛了一排攝影作品，每一張都是一個正在微笑，或是大笑、傻笑的孩子，這些孩子多半都是跟Melody年齡相仿的幼兒，男孩和女孩都有，大部分都是白人，也有幾個亞裔以及黑人。走廊另一邊是好幾間辦公室，由於今天是禮拜天，一路走過去，辦公室的門窗都是緊閉著。

稍後，就在她們從洗手間出來，正要走回禮堂的時候，小詩無意中驚訝萬分的發現，牆壁上有一幅攝影作品，鏡頭中的小女孩對她來說已經非常熟悉，因為那個主人翁居然是Melody！

「Melody！是你耶！」小詩驚呼。

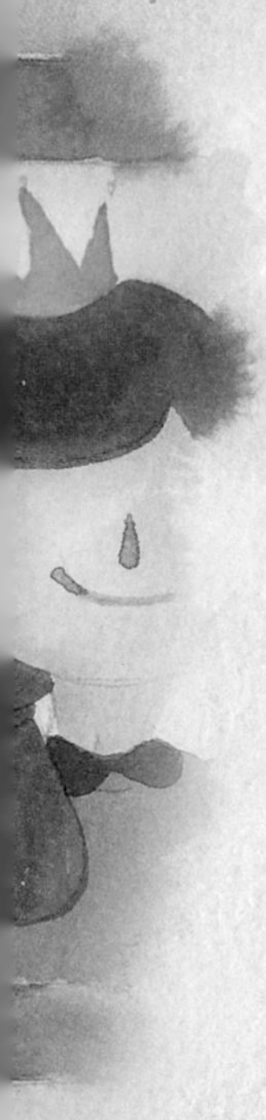

照片中的Melody坐在一張桌子的旁邊，桌上放了三盆可愛的仙人掌，其中有一盆還是彩色的，只見Melody用兩隻小手撐著腮幫子，對著鏡頭微笑，彷彿是在向觀者展示那三盆仙人掌，模樣非常可愛。

沒想到，聽到小詩這麼說，Melody連頭都不抬，就立刻否認道：「不是我。」

小詩一聽，本能般的就扯著Melody停下來，「怎麼不是？明明就是你啊！哎喲！你幹嘛呀！」

小詩的話都還沒有講完，突然覺得被Melody抓得好痛，真是難以想像Melody的力氣怎麼會這麼大！

就在這時，小詩聽到有人喊了一聲：「Melody！」

是一個男人的聲音，聽起來非常愉快，是從走廊盡頭那個方向傳來的。小詩側過頭來一看，看到一個瘦瘦小小的白髮老先生，一看就知道也是華人，正反手關上最後一間辦公室的門，他顯然是從辦公室裡剛剛出來，一出來就看到 Melody 和小詩，所以就趕快叫住她們，然後咧著一張大嘴，滿面笑容的朝她們快步走了過來。

小詩看得出來這個老先生看到 Melody 似乎很高興，甚至可以說是很驚喜，問題是 Melody 卻明顯的並沒有同樣的熱情，不僅使勁抓著小詩的手，居然還開始往小詩的身後躲。

老先生很快就走到她們的面前，蹲了下來，非常熱情的說：

「Melody，好久不見啦，你後來怎麼都不來跳舞了？我去過你們教室好幾次，都沒碰到你。」

奇怪的是，老先生也不等 Melody 回答，視線就已經很快的轉到了小詩的身上。

「喲，這是誰呀？」

一聽就是那種逗著哄著小孩子，極力想要表示友好、肉麻兮兮的音調。

Melody 說：「我表妹。」

此時此刻，小詩沒有興致去糾正 Melody，她看著老先生，感覺很不對勁兒。

「表妹，好可愛呀！」

說著，老先生居然冷不防的伸手捏了小詩的手臂一下。穿著短袖T恤的小詩，手臂突然被一個陌生的老人家這麼一捏，當然很不舒服，感覺很不自在。

小詩還沒想好該作何反應，Melody就突然像屁股著火似的大嚷一聲：「我們走吧，要開演了。」然後就急急忙忙的拉著小詩就跑，活像是在逃命。

才剛跑進禮堂，小詩就看到媽媽正在朝著大門這兒著急的東張西望，看到她們才鬆了一口氣。

David也已經到了，看他那副氣喘吁吁的模樣，八成也是剛剛才及時趕到的。

這一排的中間就他們四個人，一整排還真的沒有幾個人。小詩問姨媽呢？難道姨媽不過來看嗎？媽媽說，姨媽都得在後臺幫著蒂蒂打理衣服和化妝什麼的，分身乏術，不可能像他們這樣舒舒服服的坐在觀眾席裡看。

離正式開場還有兩三分鐘，小詩憋不住了，握著 Melody 的小手，湊到 Melody 的耳邊，悄悄的問：「Melody，告訴我，剛才那個老先生是誰？為什麼你一看到他就跑？」

Melody 咬牙切齒般的低聲回答道：「是一個壞人。」

壞人？難道——

「他的孫女也是壞人。」Melody 又恨恨的補充了一句。

小詩還想再問，但是，表演已經開始了，媽媽叫她別再說話了。

節目單上說，第一個節目由全體三十六個學員一起演出。幕一拉起來，一切都還是靜止的，燈光還沒亮，音樂也還沒開始，舞者們都優雅的站立著，錯落有致的分散在舞臺的各個角落，並且都各自擺好了姿勢，隨時準備起舞。此時，小詩終於能夠瞭解蒂蒂那天為什麼會為了自己長得太快而發出的感嘆了；看看舞臺上這些年輕，甚至可以說是年幼的舞者吧，即使現在還是一片烏漆抹黑，但小詩還是能夠一眼就看到蒂蒂，蒂蒂實在是太醒目了，因為，暑假過後就要升國二的蒂蒂，站在那些普遍在八、九歲左右，甚至還有幾個好像比 Melody 還要小的舞者中間，簡直就像是一個大巨人！

這還是小詩頭一回身歷其境式的欣賞芭蕾舞表演，以往她只在電視或電影上看過，所以一開始小詩還是看得饒有興致，只是，看著看著又總是忍不住分心，因為，她一下子想起了好多事……

大約快要到中場休息的時候，媽媽輕輕碰了一下小詩，然後小聲對她說：「怎麼辦？我好想閉目養神喔。」

小詩的精神倒挺好，或許是因為打從演出一開始，她的腦子就沒停過吧，一直在飛速運轉，東想西想。

小詩歪著頭，小聲告訴媽媽：「我想，我知道Melody最初為什麼會不肯來了。」

「真的？」媽媽很驚訝。

但是，接下來媽媽也不敢再問，畢竟現在是演出時間，不專心看表演、還私下交談是非常不禮貌的，媽媽可不想被哪一個老外出口糾正，那就太丟臉了。

正好很快就碰到中場休息了，媽媽提議出去走走，喝點飲料、或是上個廁所什麼，但是，Melody說不想動、不想出去，一邊說、一邊還死死的抓住小詩的手，小詩明白Melody的意思是想要自己也留下來，便趕快心領神會的對媽媽說：「我也不想動，你跟David去好了。」

「真的嗎？」David問道：「你們兩個坐了這麼久不累啊，等一下還有下半場呢！好像至少還有一個多小時！」

David 的口氣聽起來有些痛不欲生。

「不累。」小詩代表 Melody 作了肯定的表示。

於是，媽媽和 David 就把兩個孩子留在座位上，然後就一起出去了。媽媽還說想到後臺去看看姨媽和蒂蒂。

等到他們走遠了以後，小詩輕輕的對 Melody 說：「沒關係，我瞭解，你一定是不想在外頭碰到那個老頭對吧？」

Melody 沒有否認，過了一會兒才低低的說：「還有他的孫女，他的孫女也會來。」

小詩握緊 Melody 的小手，想讓 Melody 知道自己對她的支持，「你可不可以告訴我，那個老頭究竟是誰？」

Melody 又是沉默了一會兒，「他的孫女是我們教室裡的。」

「你是說，就是這個芭蕾舞教室裡的同學？」

「嗯，她跟蒂蒂是同一組。」

「他怎麼好像跟你很熟的樣子啊？」

小詩話音剛落，Melody 猛然把自己被小詩握住的小手用力抽了出來，同時還嚷了一句：「不要說了啦！」

「好好好，不說不說！」

看 Melody 突然翻臉，小詩急忙安撫著，也不敢再說了。

9

撥雲見日

演出總算落幕了，一切都算是相當順利。蒂蒂表現得不錯，整體來說沒有明顯較大的失誤。雖然姨媽對於David認購了那麼多張門票，到頭來卻一張都沒有送給朋友，也就是說都沒有邀請朋友們來看蒂蒂演出這件事有一點不大高興，David的解釋是工作太忙，忘了，姨媽對於這樣的說詞很是懷疑，但幸好最終總算是強行忍住，沒有發作。私底下媽媽也一直在勸姨媽，要看David的好，至少要看在David為了讓蒂蒂圓夢那麼盡心盡力的份上，實在不應該再對他有過多的苛求了。

而對小詩和媽媽來說，欣賞蒂蒂所參與的芭蕾舞演出，是她們母女倆此行的重頭戲，姨媽早就說過，等到演出結束，就要帶小詩和媽媽去溫哥華有名的布查花園、維多利亞市，還要去看壯觀無比的冰原和可愛的班芙小鎮。所以，當這天的演出終於順利結束以後，小詩和媽媽都挺高興的，因為這也表示她們期待已久的溫哥華假期終於要正式展開啦！

後來，在小詩和媽媽為期半個月左右的假期中，除了David要上班，只能偶爾跟大家一起吃吃飯之外，其他的活動大家幾乎都是一起行動，Melody都表現得十分乖巧，再也沒鬧過什麼彆扭。

姨媽把這一切都歸功於小詩，認為都是因為Melody很喜歡小詩，總是黏著小詩，Melody才會突然又變回從前的那個小可愛。

姨媽再三跟媽媽悄悄的強調：「當初我們剛剛在一起共同生活的時候，Melody就是這麼可愛的，我也不知道後來那段期間她到底是怎麼了，好像蒂蒂也跳芭蕾舞這件事、再加上David為蒂蒂的演出花了那麼多錢，都讓Melody很不滿吧，但她畢竟只是一個小孩子，有意見也不知道該怎麼表達，所以就開始變得很麻煩。」

說到這裡，姨媽總是會說：「幸好你們來了，幸好小詩讓Melody又變回正常了！真是謝天謝地！小詩真是我的『及時雨』！」

小詩知道這都是姨媽和蒂蒂的誤解，無論是蒂蒂的演出，或是David為蒂蒂花了多少錢，Melody其實都沒那麼在意；姨媽那是用大人的思維來看Melody，但Melody實際上並沒有那麼多複雜的心思，Melody之所以會在前段時間突然變得很彆扭、甚至還有些不可理喻，只不過是因為Melody碰到了一件事，而這件事就發生在蒂蒂宣布要參與芭蕾舞演出之後的沒幾天，在時間上完全只是一個單純的巧合。

Melody到底碰到了什麼事呢？

在十幾天的朝夕相處中，小詩從Melody的嘴裡陸陸續續得到了一些訊息，再和媽媽一起悄悄把這些訊息組織起來，加以分析，大致拼湊出了真相。

真相就是，Melody受到了傷害。儘管程度如何小詩並不能確定，但受到傷害這件事應該說基本上是可以肯定的。

小詩是怎麼知道的呢？

她是透過扮家家。這是媽媽的點子。

有一天，當小詩和 Melody 在「祕密基地」裡玩，小詩看到 Melody 懷抱著心愛的洋娃娃米莉，便趁機問道：「Melody，你一定很寶貝米莉對吧？」

「當然！」

「你一定不會讓別人亂碰米莉對吧？」

「當然！」

接著，小詩就小心的問：「如果有一天，米莉碰到了壞人，當然，這絕對不是米莉的錯，我媽媽說過就算我們是好人，也不能保證壞事就永遠不會降臨到我們的頭上，有的時候那些壞事就是非常不巧的發生了，只能說是我們運氣不好，那你認為壞人會亂碰米莉身上哪些地方呢？」

第一次這麼問的時候，Melody 差一點就發飆了，瞪著小詩大嚷道：「你問這個幹嘛啦！沒人會碰米莉！我把她保護得好好的！沒人可以碰她！」

等過了幾天，當小詩再度試探性的這麼問，Melody 猶豫了一會兒，才彷彿像是下定決心似的對小詩說：「我們今天說過以後，將來、永遠就都不要再說了好不好？我真的不想再說了。」

小詩就這樣得到了答案……

真是令人憤慨啊！

小詩真不懂，這個世上為什麼有人能夠狠得下心來傷害小孩子！

媽媽說，壞人哪裡都有啊，小孩子都太單純、太好騙了，而且在受到傷害之後也不知道該如何求援，想想真是很令人難過。

又過了幾天，小詩也大致弄清楚那個白髮老頭究竟是怎麼回事了。老頭

在芭蕾舞教室演出的那個學校工作，芭蕾舞教室就是透過他來跟學校接洽，租了禮堂作為發表會的場地。老頭還是一個業餘的攝影師，在禮堂牆壁掛的那些一個個孩子的笑臉，就都是他的作品。一個多月以前，他去芭蕾舞教室接孫女，看到剛剛從另外一個芭蕾舞教室轉過來的Melody，很喜歡Melody，就說要替她拍照。不久，他的孫女過生日，要開一個生日派對，請了好多芭蕾舞教室裡的同學，蒂蒂和Melody都有受邀，那天還是姨媽開車載著兩個女孩一起去的，等到派對結束，再同時接兩個女孩一起回來。

蒂蒂那天玩得很開心，開心到根本都沒注意到Melody在中途曾經被壽星的爺爺以要替她拍照為由，而悄悄帶離過一段時間。

媽媽說，可能就是因為這樣，Melody 後來對那天的壽星，甚至對蒂蒂都有些不滿，所以才會產生「比我大的都是壞人」的想法吧。

為了消除姨媽、蒂蒂和 Melody 之間的誤會，在假期結束之前，媽媽找了一個機會，把這一切都告訴了姨媽。起初姨媽的反應是非常驚愕，繼之則是有點兒慚愧，深感自己對 Melody 太缺乏耐心了，而 Melody 在碰到那樣的事情以後，由於還小，對新媽媽的信任又不夠，也或者是受到了某種威脅，導致 Melody 也不敢告訴爸爸，總之，小小年紀的 Melody 沒辦法判斷、更沒辦法作出恰當的反應，只能一個人獨自承受壓力與創傷，想想實在是令人好生不忍啊。

媽媽和姨媽都認為這個事不必讓蒂蒂知道，只要姨媽往後首先能夠改變對 Melody 的態度，能夠發自內心的疼惜 Melody，蒂蒂自然會受到感染，更何況 Melody 在小詩的幫助之下，不是也已經慢慢打開心扉，不再那麼拒人於千里之外了嗎？

對於這個重組家庭來說，幸福融洽還是可以期待的。

而小詩呢，則是有一種奇妙的感覺，暗暗猜想自己這兩三年來的長不高，會不會就是為了要在這個暑假千里迢迢專程趕來這裡做這麼一件好事，讓她能夠在Melody孤立無緣的情況之下，自然而然的適時走近Melody，進而幫助了Melody。

至於那個可惡的老頭，小詩問過媽媽為什麼不能把他抓起來？媽媽嘆了一口氣，表示這個事情恐怕很難辦，但無論如何我們還是要相信「善有善報，惡有惡報，不是不報，時候未到」。

「他會有報應的。」媽媽說。

於是，小詩就暗暗詛咒老頭最好哪天在散步或是拍照的時候碰到大熊，再被大熊一掌拍死，要不然就是被大熊一屁股坐成肉醬！

不過，為了避免還會有其他的小女孩受害，姨媽說還是想找個合適的機會和芭蕾舞教室的負責人反應一下。媽媽提醒姨媽如果真的要這麼做，一定要加倍謹慎，千萬不要讓 Melody 再度受到傷害。

在假期結束的那天，姨媽一家一起到機場送行，Melody 一直抱著小詩，最後都快哭出來了，怎麼都捨不得小詩。

小詩再三承諾 Melody 一定會再來看她，也歡迎 Melody 和姨媽他們一起回國來玩。小詩跟 Melody 說了很多，唯獨有一句話沒說，那就是——儘管小詩現在已經覺得就算真的再也長不高也沒關係，但老實說，她還是很希望下回見面的時候，自己能夠看起來更像一個表姊。

哎，小詩還是挺希望能夠長高的啊……

THE END

關於《長不大的女孩》（後記）

所謂的創作靈感，最初往往只是一個抽象的意念，很難言傳，想要說明自己的靈感來自何處，又想藉著作品傳達什麼樣的想法向來不是一件容易的事，有時還會顯得有點兒多餘，因為讀者本來就會根據自己的生活經驗來作不同的理解，許多作者念茲在茲的意念，讀者不一定領會得到，也不一定會贊同。不過，關於這本《長不大的女孩》，我還是願意試試看，囉嗦一下。

首先得談一部滿特別的卡通，這是由日本動畫公司 Studio Deen 原創，二〇〇五年十月初播映的《地獄少女》（*Hell Girl*）。因為很受歡迎，後來又改編成漫畫、電視劇和系列小說等等。故事的基本設定是這樣的：在都市的青少年中流傳著一種說法，只要在午夜零時登錄「地獄通信」，把所怨恨的人的名字寫下來，如果你的怨恨達到可以委託的程度，地獄少女閻魔愛就會出現，給你一個綁著一條紅絲線的稻草人，告訴你，只要把稻草人身上的紅絲線扯掉，就表示契約成立，閻魔愛會立刻把你所怨恨的人帶到地獄，可是從此在你的身上就會留下一個印記，時刻提醒著你，日後在你死去以後也將同樣被帶入地獄，因為「害人終將害己」，就算有再大的苦衷，也還是要為自己的選擇負起責任。在解釋完畢並且給了你一個稻草人之後，閻魔愛會暫時消失，讓你再好好考慮，究竟要不要為了讓那個此刻你所怨恨的人立刻徹底消失，而付出這麼大的代價，導致自己將來也要下地獄？儘管閻魔愛說，「死後下地獄」那是以後的事了……

《地獄少女》雖然很公式，但是因為每一個當事人不同，所以每一集故事都還是不同的。這些當事人多半都是兒童和青少年，難怪有關「地獄通信」的事會在孩子們之間流傳，因為孩子們都是「弱小動物」啊，一旦面臨欺凌都是手足無措，也幾乎都沒有能力抵抗，因此才會痛苦萬分。在看《地獄少女》的時候，儘管情節豐富緊湊，音樂動聽，但我經常都會有一種很揪心的感覺，為這些孩子的遭遇以及無助，甚至是絕望而感到很心疼。

可想而知，如果是年齡愈小的孩子，一旦碰到了什麼事，萬一身邊缺少一個可以信賴的大人，孩子的恐懼、困惑和茫然無人可以言說，也無處宣洩，內心一定是充滿了壓抑，在這樣的情況之下，很容易就會有一些反常的行為。在這個故事中的Melody就是這樣的。

我很想說的是，成人世界中的喜怒哀樂，其實孩子們也會有，孩子們並不缺少感受力，只不過因為表達能力有限，或者是出於種種顧慮根本不敢表達，因而不免會有一些奇奇怪怪的舉止。值得注意的是，當孩子們出現一些異常舉止的時候，其實都是在求援，然而大人卻經常只會站在自己的立場輕率的加以解讀，這對於受傷的孩子來說，無疑是一種同樣難以承受的二次傷害。

至於小詩這個人物，代表的是一個我一貫的信念，那就是「天生我才必有用」。我真心相信每個人來到這個世上應該都是有某種「使命」的，除了應該好好努力，充分發揮自己所長，為社會作一番貢獻之外，我相信每個人都有機會幫助別人，播下良善的種子。儘管眼前我們可能還參不透這個使命到底是什麼，但是這不要緊，只要心懷善意，自然就會在一個最恰當的時間完成我們的使命。

管家琪 於二〇一六年三月

九歌少兒書房 248

長不大的女孩

著者　管家琪
繪者　劉彤渲
責任編輯　鍾欣純
創辦人　蔡文甫
發行人　蔡澤玉
出版發行　九歌出版社有限公司
臺北市 105 八德路 3 段 12 巷 57 弄 40 號
電話／25776564　傳真／25789205
郵政劃撥／0112295-1
九歌文學網　www.chiuko.com.tw
印刷　晨捷印製股份有限公司
法律顧問　龍躍天律師・蕭雄淋律師・董安丹律師
初版　2016 年 5 月
初版 2 印　2019 年 1 月
定價　**260 元**

書號　0170243
ISBN　978-986-450-058-1
（缺頁、破損或裝訂錯誤，請寄回本公司更換）

國家圖書館出版品預行編目 (CIP) 資料

長不大的女孩 / 管家琪著 ; 劉彤渲圖 . -- 初版 .
-- 臺北市 : 九歌 , 民 105.05

面 ;　公分 . -- (九歌少兒書房 ; 248)

ISBN 978-986-450-058-1(平裝)

859.6　　105005176